U0477835

在岁月中吟唱

陈元邦 著

海峡出版发行集团
福建教育出版社

图书在版编目（CIP）数据

在岁月中吟唱/陈元邦著. —福州：福建教育出版社，2024.7
ISBN 978-7-5334-9961-7

Ⅰ.①在… Ⅱ.①陈… Ⅲ.①随笔－作品集－中国－当代 Ⅳ.①I267.1

中国国家版本馆CIP数据核字（2024）第089916号

Zai Suiyue Zhong Yinchang
在岁月中吟唱
陈元邦 著

出版发行		福建教育出版社
		（福州市梦山路27号 邮编：350025 网址：www.fep.com.cn）
		编辑部电话：0591-83779650
		发行部电话：0591-83721876　87115073　010-62024258）
出 版 人		江金辉
印　　刷		福建省金盾彩色印刷有限公司
		（福州市仓山区红江路8号浦上工业园D区24号楼　邮编：350008）
开　　本		890毫米×1240毫米　1/32
印　　张		6.25
字　　数		105千字
插　　页		2
版　　次		2024年7月第1版　2024年7月第1次印刷
书　　号		ISBN 978-7-5334-9961-7
定　　价		38.00元

如发现本书印装质量问题，请向本社出版科（电话：0591-83726019）调换。

目 录

行旅采风

观景 ···3

台湾小镇 ···5

南公园寻迹 ···12

龙津河览胜 ···20

海滩漫思 ···25

小城将乐 ···29

撩开面纱，明珠璀璨
　　——动车进岛记 ···36

版画"平潭" ···39

屏南一日 ···41

沙县小吃的魅力 ···47

九龙洞·九龙潭 …52

有厝，便有家 …57

美丽的厦门湾 …59

唤起回忆的地方 …62

聆听古城的晨曲 …64

三沙光影 …66

迷人嵛山岛 …69

古城新貌 …73

我在澳里 …79

祭万安桥 …82

万安桥新颜 …84

小松：春风　春色 …87

岁月拾零

生活，赋予生命存在的意义 …95

一年又一年…… …100

稳 …102

人生乐章 …105

待在家里 …107

别样庚子元宵夜 …111

度 …117

在楼顶看日出 …121

说"悬念" …124

至简则至难 …127

假如…… …129

祈福 …131

月夜静美 …133

书海泛舟
心中的书店 …139
《道德经》中说"水" …144
抄录《道德经》之片想 …146
一个人对世遗大会的表达 …152
书香弥漫的文化景区 …155
在岁月中吟唱 …159
怀揣感动写银钗
　　——写在《传奇银钗》出版之际 …164
满满的情，满满的理
　　——读贞尧仔先生的《番薯情》 …168

艺路撷英

菖蒲·观音竹 …175

壶盖不开 …177

于肖像间走进人物的精神世界
　　——观李明华福州名人肖像作品展 …179

清新明快　清幽空灵
　　——余凡先生水彩画赏析 …182

喜兰·悟兰·写兰
　　——李大林写兰作品赏析 …185

自香 …190

行旅采风

观　景

　　晨曦，天色渐明，天空一片嫣红，对面的鼓山似乎还在睡梦中，非常安静。城市灯火闪烁，与这片嫣红交映。嫣红的云彩的倒影，把闽江水也染得嫣红，晨练的脚步声唤醒了寂静的公园。

　　嫣红褪去，天空蔚蓝，两道透着金黄的羽毛般的云彩飘在鼓山上的那片天际。这是太阳跃出时的一道色彩。金色鹅毛迎晨阳，明快而愉悦。

　　走上鼓山大桥，眺望闽江，正是潮涨时，江面宽阔，江水悠悠。想起唐代诗人王勃的诗句，稍加调整：朝霞与鸥鹭齐飞，江水共长天一色。

　　在花海公园一处雕塑前静静地等候太阳的跃出，想捕捉这个轻轻拾起朝阳的瞬间。这瞬间，不足一分钟。仔细端详，写下了一首小诗："小心翼翼地拾起，那颗刚刚从山后跃出的太阳,正想放在手心、细细地品味片刻,却滑出了指头,好在将这瞬间定格,成了永恒的温馨。"

站在花海公园的栈道上,用手机全景拍摄模式,从东部办公区始,在镜头的缓慢移动中,我也慢慢地享受独属于这座城市的"福州蓝",蓝得明快、蓝得透彻、蓝得有诗意、蓝得让人心甜。

在花海公园的一角由近往远望去,花正绽放,白云倒映在湖中,如一条条游动的鱼儿。很想俯下身子,去捞起片片白云。远处,夜间上演着灯光秀的楼宇,此时褪去浓妆艳抹,素雅端庄,一样秀色迷人。

俯瞰花海公园,有如盆景:湖水、栈桥、绿树、凉亭,很想走进湖畔那天鹅的栖息处,感受欢声笑语与天鹅仰脖欢游的乐趣。

黄昏时分,夕阳映在湖中,湖水仿佛凝固成了一片陆地,栈桥似乎成了一种装饰。今日的夕阳显得有些害羞,也有些腼腆,少了往日见到的那种奔放的热烈,"但得夕阳无限好,何须惆怅近黄昏"。

夜色如轻纱,柔曼地笼罩在闽江之上,月儿已经爬起,江边的灯光已经上演它的"秀色"。江水在灯光的映照下,泛着涟漪,一艘游船从远处驶来,轻轻推起江水的波浪。这浪,温柔;这水,浪漫;这城,美丽。

台 湾 小 镇

小镇这个字眼,在我的心中,一直是美好的、温馨的。走过加拿大的湖滨小镇,也去过英国的一些小镇,更到过国内的一些村镇,在我的印象中,小镇是很有韵味的地方。旅行者可以在小镇住下,当上几天的"镇民",尽情地享受小镇的风土人情:坐进一家小餐馆,静静地品尝着当地的美味;走到一个高处,静静地欣赏夕阳映照下的海湾或田园,看着渔舟归岸或是牛羊归圈,直到太阳落山,月亮爬了上来,在月光中听着海浪涛声,那种享受,很难用文字来表达。

到了平潭,听说有一个台湾小镇,我顿时有些激动,涌起去小镇看看、去领略小镇风情的欲望。

平潭澳前片区的小郑知道我想去台湾小镇,主动为我当向导,他给我挂来电话,说已经约好了车,要到下榻的房间领我去。我看到他时,有一见如故的感觉,小伙儿个头不高,十分精干、憨实。他操着浓浓的平潭腔的普通话作了自我介绍,我才知道,他是一个土生土长的乡镇干部。

望窗外,天湛蓝、海也湛蓝,视野极其辽阔,给人空灵的感觉。我们上了车,向着岛屿的西部驰去。在车上,小郑兴致勃勃地谈起台湾小镇的往事今生。他说,小镇的所在地,是离台湾最近的地方。1984年,就成为两岸小额贸易的门岸,之后,这里又是两岸三通的重要口岸。从这里登船,两个多小时,即可抵达台湾的高雄或台北。我一边听他的介绍,一边望着窗外,变化太大了,多年前曾经到过这里,当时的码头有些荒寂,有如待字闺中的姑娘,需要梳妆。可现在,笔直的大道,两旁新建起的建筑,让内秀的气质得到表现。小郑兴奋地说,现在的澳前,正慢慢地与县城连成了一片,从县城到小镇,只要几分钟的时间。

几片淡淡浮云从海湾的上空飘过,海湾里一艘挨着一艘、差不多占了半个海湾的渔船,很是壮观。船与海相依相偎,相恋相爱。没有船的海,变得死寂;没有海的船,失去了航行的平台。看到这如林的桅杆,我才真正闻到了平潭的味,平潭的海味、平潭的风情。

"到了。"小郑的提醒把我从沉思中唤回。眼前一片建筑有着别样的景致：它们没有采用平潭石头厝的传统形制，而是融合了闽台两地的建筑风格。每幢楼房都不是很高，以斜顶结构为主，每座建筑都有其独特的造型。从较高等级的重檐歇山顶到常见的卷棚顶，从起翘的燕尾到平实的马背，起伏变化的屋顶与其上的装饰多彩多姿，红砖红瓦，非常养眼。这片建筑群，便是台湾小镇。

小镇的负责人在门口迎候我们。这位娇小的美女子，温文尔雅，笑容可掬，一见面，就向我道歉，让我有些惊诧。原来昨天她在工作中崴了脚，脚肿了，今天只能穿着拖鞋。她说有些失礼。听她一口标准的、没有丝毫地瓜腔的普通话，以为她是外地人，她却告诉我，她是土生土长的本地人，这很让我吃惊。我开玩笑说："我可以称你为小镇'镇长'了。"她说，还是叫小林吧！她领着我，进了小镇的大门，先去了一号免税商场，这是目前小镇最大的商场，宽敞明亮，商品琳琅满目。我边走边看，有熟悉的凤梨酥、金门高粱、台湾菜刀……更多的是我叫不出名字的。可能因为疫情的缘故，加之今天不是周末，购物的游客并不多。

用柜台围成的一个个方块，便是一个个商家。小林领着我一个方块、一个方块走着，见到台胞，她能一个个叫出名字，还能给我讲每个台胞从台湾的哪个地方来以及他们的创业经历。台胞热情地为我们介绍商品以及制作过程。他们说，他们经营的不只是商品，还有蕴含其中的台湾文化。一位台胞介绍了他独家生产的红标料理名酒，这是专门为烹饪而生产的酒，用它烧菜，特别有味道。我问他，这商场里最好卖的有哪些？他说，越有台湾特色的商品越好卖，比如台湾的药膏、台湾独有的食品等。"疫情期间生意如何呢？""肯定受到影响的啦！没有办法啊，共渡难关啊！"我理解，他们在等待，等待着那一天，新冠肺炎疫情最终结束，相信生意一定会重新红火起来。

从商场出来，心情有些失落，这里与我想象中的台湾小镇有些差距，与我曾见到过的其他风情小镇也有差距。小林似乎猜出了我的心思，说，台湾小镇的前身是购物中心，通过免税商店吸引台湾同胞来平潭经商创业，又吸引大陆游客来平潭旅游观光，以商促两岸交流，打造共同家园，助力平潭旅游业的发展。随着时光的推移，在实际运作中他们体会到，只以购物为平台太单一了，应当从购物中心向风情小镇转身，让游客能够到小镇住上几天，当几天"镇民"，让游客在小镇中就如置身台湾，感受台湾的风土人情、享受台湾的美味佳肴。她笑眯眯地说，您来得不是时候，眼下许多活动都无法开展，不然，这里还是挺热闹的。她递上一张小图，图中是以高山族少女为原型的动漫形象。她说，卡通人物叫"小阿美"，是专门为台湾小镇设计的动漫形象。他们还以"小阿美"为主角，制作了 6 分钟的小镇宣传片。细看"小阿美"，还真是活泼可爱，热情奔放，充满活力。小林如数家珍给我说起小镇 2019 年开展的一系列活动，印象最深的是举办了以"两岸情深·让爱回家"为主题的灯光艺术节。这项活动历时近 3 个月，通过灯光情景剧、原创歌手演绎、台湾民俗文化展等活动，营造了一个具有浓厚台湾特色、荟萃两岸民俗文化精华的盛会，以丰富小镇夜晚观光旅游。小林说，他们的目标是将小镇从 3A 级景区提升为 4A 级景区。看来眼下，他们正着力推动购物中心向台湾小镇的转身，让小镇的台湾风韵更加浓郁。

我们一边走一边聊，小林把我引到了一处沙盘前，这是台湾小镇的规划。小林兴致勃勃地谈起台湾小镇的未来：未来的小镇，将建成以对台小额商品交易为特色，集休闲购物、文化旅游观光、特色美食等于一身的台湾风情小镇。她一边介绍，我一边提问，渐渐地，我的脑海中浮现出一张清晰的图，一张可以让我憧憬的小镇远景规划图。

走出展示馆，漫步小镇的街区，随处可见的是装修工地。小林说，这是新进落户小镇的文化创意企业。未来的小镇，要在文化上做文章，在体现台湾风情上下功夫。打造一种慢生活，让游客住下来成为"镇民"，成为小镇中的一员，慢慢地体验、慢慢地感受，这"慢慢"二字，很触动我的心尖，"镇民"的概念也很新颖。既称为"镇"，就有"镇民"，谁又是台湾小镇的镇民呢？除了吸引更多的台湾同胞入驻小镇，成为镇民，还有就是让游客入住小镇，成为"镇民"。

我们又去了蜗牛体验馆。小林热情地与几位小伙儿打过招呼，小伙儿热情地为我们端上他们自制的有台湾风味的茶水。我品着茶，听着小林的介绍。这是一家新近引进的台湾蜗牛馆，这几个年轻人，大多有博士学位，他们把蜗牛做成了产业，从蜗牛的饲养到美容产品的生产，再到将蜗牛制成美食。小林指着边上的一排陈列柜说，这些都是他们的产品，目前他们正在大陆寻找适合蜗牛养殖的基地。

走在小镇的街上，仿佛听到远处"海峡号"客轮的鸣笛声，看到台湾同胞跨越海峡而来，耳际响起之前在购物大厅里一位台胞的话：我们同根同祖、同脉同源，是一家人，只是你生活在海这边，我生活在海那边。我的眼前仿佛浮现出络绎不绝的游人，他们在小镇里听着台湾阿里山的歌曲，欣赏着高山族的舞蹈，品着台湾的各色小吃，喝着用台湾水果制出的果饮，与台湾同胞交流着。夜深了，住在离小镇不远的小岛酒店里，听着浪涛声，看一本讲述台湾故事的书，耳际缭绕着《外婆的澎湖湾》。

　　如果你兴致高，还可以走出小镇，不远处，就是渔港，就是码头，就是猴研三岛。猴研三岛，那是离台湾最近的地方，去那里读一读余光中的《乡愁》；可以呼上一辆滴滴，或者来一次沿环岛路的自驾游，看一看平潭岛的美丽风光；可以坐上邮轮，来一次海上环岛游；或者驾上游艇，劈波斩浪，感受大海的刺激、激情与澎湃，想到这，我的内心变得激动，有些亢奋。

　　对未来的台湾小镇，我有些期待！

南公园寻迹

走过福州的许多公园,我对南公园的印象较为深刻:小巧而玲珑,底蕴丰厚,透着清代王府花园的风韵。

小时候就常听父母提起南公园。抗战时,父母随着逃难的人流背井离乡,溯闽江而上,落脚在闽江边,繁衍生息。时光流逝,思乡情愁渐浓,他们常常望着闽江水,动情地忆起家乡事,其中就时常提起南公园。南公园这个名字,也就渐渐地印在我的脑海中。

最近,朋友说南公园经过重新整修,历史韵味更浓了,还给我发来几张照片,这勾起了我去南公园走走的愿望。这个愿望,在初夏的一个下午实现了。

南公园本是清时靖南王耿继茂、耿精忠父子的别墅花园。300年前,耿王从广东迁往福州,建了王府"耿王庄",选了庄府南面的万寿河畔建了后花园,那时的南公园面积4.2万平方米。一直到1915年许世英任福建民政厅厅长时，将此园林辟为公园。由于公园地处城市南部，取名为"城南公园"，为了顺口，群众习惯称为"南公园"。民国初年乡人徐吾行曾作《咏耿王庄》："耿王失计在闽疆，留有名园对斜阳。桑柘三春知雨意，荔枝六月怕风狂。犹存曲水池墙柳，莫举藤花轩榭觞。韵事里人浑不管，茶余只话鹤存墙。"这首诗道出了南公园的由来和变迁以及园林设施。

　　眺望南公园的牌坊式大门，一股浓郁的清代建筑气息强烈地冲撞我的心。朱红的基调，青绿的图案，绿瓦飞檐，豪华、端庄，仔细欣赏，你会觉得这色彩、这造型非常的熟悉，记得在北京观光时，去过北海，走过王府井，许多建筑风格与它相似。走进南公园，便见长湖，湖与龙津河相通。伫立湖畔，斜阳映照，园林显得特别空灵通透，视野十分辽阔。湖水宛如玉带，环绕着长湖，沿湖可见假山、亭台、回廊、曲榭、石拱桥……湖心岛上，一位穿着旗袍的窈窕姑娘正撑着油纸伞，倚着石栏拍照。"关关雎鸠，在河之洲；窈窕淑女，君子好逑"，福州女人的淑女风范一下子浮现在我的眼帘，总觉得这环境的气氛与淑女气质那样相宜。

　　去的第一座亭子是处在小山包的琉球亭。亭柱上的对联"水石为邻况有桑阴边十亩；云霞出海可无榕荫在三山"，读来意境美妙且辽阔。明成化年间，福州港成为朝廷指定的对外贡赐贸易港口，朝廷在南公园附近设置柔远驿，用于接待琉球国赴华朝贡的宾客与商人，直至清末。琉球贡使在福州登陆后，一般先住在柔远驿，再到京城觐见中国皇帝。南公园当时为贡赐贸易的见证地，今日是闽籍琉球人乡愁的承载地。琉球位于福州东面的大海中，直线距离约850公里。《福州通史》载："据说在天气晴朗、海上没有云雾的情况下，站在鼓山顶，可以隐约见到琉球群岛。"随着中琉的交往，闽人往琉球国不计其数。走得再远，思乡情愁总在，琉球华人没有忘记自己的祖先从这里启航出发，他们时常回到祖籍地，南公园，就是他们寻根、寻脉的地方。

  从琉球亭下来，便望见建在湖边的朱红色长廊。正是黄昏，阳光柔和地照在廊上，朱红披上金晖显得更加鲜艳。长廊倒映湖中，岸上一道长廊，水中一道长廊。刚才在石桥中拍照的女孩，此时正斜倚在美人靠上，望着湖中金黄色的睡莲，含情脉脉，似乎沉醉在爱的意境中。走过长廊，便见一幢红色的清式楼房，房檐下挂着一方匾额，上书"桑柘馆"。耿继茂之子耿精忠反清失败被杀，王府被废，花园被官府没收为烟商陈恒猷所有。1866年官府收购该园，闽浙总督左宗棠在园内设桑棉局，发展纺织，后来又改名"农桑局"，也称"绘春局"，当时留有一联，"如此园林，志乘无名谁是主；不妨冠盖，游踪偶驻且看花"，可见当时园林之胜。民国初年许世英将它改为"桑柘馆"并为之题名，以作饲蚕植桑之用，并倡导养蚕植桑。这天，桑柘馆已经闭门，我没进馆内参观，只是站在门口欣赏清人孙莱山撰的楹联："美景画难成，对雨后罗纨，一曲满浮桑落酒；仁风扬不尽，借江东箫管，同声吹唱木棉裘。"意境十分优美、开阔。桑柘馆前，两株桑树长得郁郁葱葱。养蚕是一种乐趣，记得儿时，惊蛰前后，雷声唤醒了蚕卵，卵变成了小小的蚕，将这些小蚕放在火柴盒里，给盒子戳出几个小洞通气。课间，同学拿出小盒，相互观赏，有时还会相互交换；放学时，上山采桑叶，悉心喂养。看着蚕渐渐长大，吐丝，年复一年……如今回想，是那样美好。在公园里，还有一处荔枝亭，亭柱上有一联"亭馆问谁家，数里莺环排绿树；蚕桑兴美利，沿村衣被胜黄棉"，表现出对左宗棠提倡发展蚕桑纺织业之举的怀念。走过柘桑馆，继续向园林深处走去，绿树茵茵，偶尔可见几处亭台，几块石碑，其中有一块石碑是左公祠纪念碑。 1885 年 7 月，左宗棠在福州抗法前线因病逝世，清廷即发出诏谕，追赠左宗棠太傅，照大学士赐恤，予谥文襄，除入京师昭忠祠、贤良祠外，并于湖南原籍及立功省份建立专祠。左公卒后，人们为纪念他，在南公园入门必经之路建了左公祠，祠在抗战中被毁，后来又在公园内立这块碑。细读碑文，心中多了对左宗棠的了解和尊敬。过去，只知道他对马尾船政作出的贡献：因为他的上奏，催生了马尾船政局；也因为他的力荐，沈葆桢任了首任船政大臣。现在，又多了对他倡导养蚕种桑的了解，这可是一项利民生的事啊！

绕过桑柘馆，望海楼跃入眼帘。这楼如今已经被辟为福州的艺术馆，作为文化场所，只有一个小门与公园相通。我知道福州屏山之巅有一座镇海楼，但真不知这里还有一处望海楼。如今的南公园，处于市中心，在这里，看不到海，望不见江。但是，历史上，南公园所在的台江就居于江水与海水交汇之处。"台江"之"江"就是闽江，"台"取自越王钓鱼台之意，闽越王曾在这里筑台钓鱼，因台面江，故名台江。南公园是打铁港河、达道河、新港河三河交汇处，连着闽江。在离这不远的地方，便是明代开凿的新港码头，当时的海船巨舟可从闽江口一直驶进福州台江的新港码头。在《流年似水——外国摄影家眼中的闽江与福州》一书中，有好几幅是关于马尾、福州港、码头贸易、台江以及水上人家的照片。从照片中可见江面辽阔,兼具河口港区和滨海港区之利,从望海楼眺望,可望潮涨潮退,可见商贾云集、万桅林立。过去只知道台江解放大桥的前身是万寿桥,不知在离望海楼不远的河口也有一座万寿桥,当地百姓习惯称之为"小万寿桥",实际上,桥因地处万寿乡而得名。我查了有关资料,这处桥建于康熙七年,完工于康熙八年。如今,横跨闽江的万寿桥只能通过照片看到它最初的模样,而南公园的万寿桥 300 多年来依旧横亘在闽江支流。据记载,"当时靖南王耿继茂从广州移藩福州将近十年,对建桥一事亦有赞助",以此推断,南公园作为南王的别墅庄园应当早于万寿桥了。如今这里正在建设南公河口街区,将南公园与河口的历史遗迹——万寿桥、天后宫以及其他历史建筑连成一体,更好地展现福州作为重要港口城市、海上丝绸之路的重要节点的历史风貌,让人们感知"万里清晖初出海,一声长啸独登台"的清丽、雄浑与辽阔。

  南公园内有一亭,名为忠烈亭。民国时期,公园内建造忠烈祠以纪念辛亥革命闽籍死难烈士。抗战时期,公园遭日军严重破坏,建筑物大部分被毁,忠烈祠也一度成为日军关押、屠杀我国同胞的地方,后终弃废。据王国维、徐熹《南公园今昔》介绍:"每年三月二十九,福州各界均到忠烈祠哀悼。 1925 年孙中山先生逝世,福州各界追悼会亦于忠烈祠举行。"我注目石碑，注目长亭，林觉民的《与妻书》又绕耳际，黄花岗七十二烈士，闽人就有十九人，他们应当为我们永记。

园门口立着的"请用国货"石碑是重新刻制的，据说旧石碑在"文革"中几经迁移，如今成为断碑，静静地存在省博物院的地下室里。这碑虽是新碑，但也在诉说着一段历史：20世纪初，洋货充斥福州市场，民族工业纷纷破产。1919年五四运动时，福州人民和民族资本家纷起抵制外货，在园北向建了红砖双层楼，作为"国货陈列馆"，并立石碑于馆侧，石碑上书"请用国货"，这也是今天国货路的由来。

黄昏下的长湖，湖畔散步的人渐渐多了起来。湖畔的大榕树下，一些老人带着儿孙在这里纳凉、一些成年人在这里运动。刚才在园内拍照的那位女孩此时亭亭玉立在湖边，撑着那把银色的油纸伞，以榕树为背景，让摄影师留下她的倩影。我仰头望这两株榕树，它们的侧枝互联、叶盖相交，枝繁叶茂。看了一下介绍才知道，这也是南公园之一景，用的是"夫妻榕"的美名。两棵榕树，犹如一对夫妇相拥，不离不弃、情意浓浓。

太阳渐渐落下，晚霞映天。我仰望天际，晚霞有如只只飞鸟在任性地飘浮着。街上车水马龙，下班的人们匆匆地往家归去，大街的霓虹灯替代了自然的光，夜色下的城市依旧让人觉得繁荣。

  我依旧回想着南公园，她的秀外给我美的享受，她的慧中让我感到她文化底蕴的深厚。

龙津河览胜

龙津河，龙岩新罗的一条河，有人将它比作新罗的母亲河。这河，发源于当地的山间，到了龙川东路这地方，小溪河的河水汇入溪流，加上不远处的筑坝拦水，河面变得开阔，形成了一个湖面。这段河流，是龙津河最美的一段，也是可以触摸、感知龙岩历史的一段河流。

天色微明时分走出宾馆，横穿街道，便有一座栈道，栈道造型有如英文字母"Y"，一条通往小溪河，另一条逆龙津河而上。秋天的晨阳映照河面，河水微澜，天的湛蓝倒映在河面上，湛蓝透彻。穿着粉红马甲的清洁工正驾着小舟清理湖面的漂浮物，"突、突、突"的声音荡漾湖面。凝望远方，离坝不远处有一座高铁大桥。昨天从省城福州来的时候，一路上穿洞过桥，三小时左右就到了龙岩。二十多年前曾来过龙岩，崎岖的山路，八九个小时的车程，总觉得龙岩离省城很远、很偏。坂寮岭隧道开通，少了一段盘山路程，再之后，有了高速公路，又有了高速铁路，龙岩不再遥远。

目光从高铁大桥收回到这条河，河水从大坝奔流而下，沿江而去，连接九龙江，连着大海。在没有公路、铁路之前，河道便成了一条路。龙津河，是新罗连接外部的水道。明嘉靖年间的《龙岩县志》记载："初，城南无谯楼，有桥曰龙津。""龙津桥：昔在县前，松木为之，名'通阛'……宋开禧丁卯，令赵汝勉改曰'登龙'。"可见，这龙津桥的名称由明代始。龙津河畔，筑有南门，最初的南门是龙津桥的最后一节桥亭，后在此筑土立城基并修建谯楼于其上。城门依着河，利于人员往来、物资流通。

阳光照着挺秀塔，如同为塔披上了一层金晖。这塔始建于明万历九年，翌年知县吴守忠续建完工。后毁。明崇祯知县朱泰桢重建。清乾隆四十年，知州金世麟把塔加高至二丈余。塔六角七层，楼阁式空心砖木构塔，通高15.8米。塔檐砖垒迭三层，每层依次收分。塔身二至三层外壁共嵌有历代文人墨客八块石碑刻。每层各有四个圆顶拱门，各层拱门方位交错。塔内原有木梯可上顶层。五边形船形塔基为条石浆砌，高5米，宽约6米，长约11

米。在福建的许多县城都可见到塔，只是塔基本都建在离城不远的山冈上，成为一座城市的标志，守望着县城。游子归来在很远的地方就可以看到塔，就知道家快到了。挺秀塔建在离南城门不远的龙津湖畔，我估摸着它一方面表达着人们避免河患、求得安宁的心愿；另一方面，也如山冈上的灯塔，让归家的游子心生喜悦。

塔，承载着乡愁，守望着家园，也寄寓着人们的情感。乾隆四十年知州金世麟重修此塔时，"工峻日，邑人为之歌：合流中州，挺秀耸峙。下瞰清湍，飞峰相似。曹公始创，金公继美。接汉凌霄，永无俾圮。启我文明，名贤鹊起"。从歌词中，我们不仅感受到此塔之挺秀，景色之壮观，而且还体会到其中蕴含着的深厚的人文精神。绕着塔身走了半圈，举头仰望塔身，有"秀挺中央""今昔大观""鳌吐云峰""古志文峰"等题字。借景抒怀，览物抒情，从这些文字中，我们能体会到文人墨客的情怀。

看罢挺秀塔，又去了新罗第一泉——下井泉，它就处在街心公园的一隅。最先映入眼帘的是一座亭子，上书"甘泉"二字，亭子的前面有一方池，池中涌出湍湍清泉。池的左侧立有石碑，上刻"新罗第一泉"。当时看了这泉，心想龙岩古城"山能龙窈，水接天源"，有泉不足为奇。后来，与一位晨练的老者聊天，才知道这碑的故事。

碑在明万历年间由龙岩知县吴守忠所立。在这下井泉的北边是连氏，南边是杜氏，两个姓氏为了这口井的归属争端不断。为了化解矛盾，知县在泉井边立下了"新罗第一泉"的石碑。连、杜两家见碑为县官所立，都不敢将井占为己有。这碑不仅化解了两家的矛盾，也让下井泉一直成为大家共同饮水的地方。俯下身子，双手掬起清泉送入口中，甘甜沁人心脾。亭柱上一副对联映入眼帘："下井流泉新罗第一，清山拱秀福地无双。"

龙津河畔的河堤石壁上，镌刻着"三打龙岩城革命史迹"。这场战役，由三场战斗组成，在第三次战斗中，红四军第一纵队及地方赤卫队从南门攻入城内。这场战役，检验了毛主席创造的"十六字"战略战术和以他为代表的共产党人找到的"农村包围城市"的正确道路。

龙川路上，坐落着一排重新整修的老建筑，白墙黑瓦，端庄大气，颇有些民国风韵。刚到龙岩时，当地的同志就告诉我，这里有条街叫金融街。当时心想，金融街应当有现代气派啊！来了金融街，听了介绍才知道，这里是共和国金融的摇篮。1930年，闽西工农银行在这里成立，之后迁移到永定虎岗、上杭白砂、长汀涂坊和长汀县城。

从橄榄巷拾级而上，有一处六角亭，那里正放着乐曲，在进行一场表演前的彩排。有人告诉我，这亭子有历史。1937年，闽西国共和谈协议的签订便是在这处六角亭举行的。

离六角亭不远的地方，是有着百年历史的隐泉书院。书院古色古香，看似毫不经意，却处处可见匠心，幽室庭院、书香弥漫、文韵浓厚。1937年闽西国共谈判在这里举行，这里也是革命先烈毛泽民在龙岩的旧居，不足10平方的房子，陈设简陋。

这天夜里，我独自漫步金融街，霓虹灯闪烁，各种小吃招牌夺目，街上熙熙攘攘。这里汇聚着龙岩众多小吃，许多食客慕名而来，满足自己的舌尖。

这里正在打造"共和国金融摇篮红色景区·恋城1908"。起先不知道"1908"有什么含义，去了隐泉书院才明白，那是书院建院的日子，将这个数字作为文化创意园的符号，与文化相契合。

又一次漫步龙津河栈道，龙津河上，喷泉如飞瀑，在音乐声中时而雄浑，时而婀娜，五光十色。一列动车，正从远处的桥上呼啸而过。这座城的夜，一派生气。

所见所看，只是方圆不足一公里的地方，它的厚重，它的生机，已经让我心生了对这座城市的敬重。

海滩漫思

一

在厦门待了三天，住在离环岛路不远的酒店。每天，天还没有放亮，就去海滩，听听浪涛声，期待晨阳跃出海天时的那般景色，感受海滩的味道。

天渐渐放亮，看海的人渐渐多了起来，海滩也渐渐热闹起来。晨泳的人在天色微明时已经搏击大海，回旋于天际的一声声呐喊与涛声呼应着，增添了海的雄浑。此时的热闹因着这样一群看海人：一对情侣，手牵着手漫步在海滩上，时而止步朝着太阳升起的那个方向凝望，时而又逐着浪，时而用手在细润的刚刚被海浪抚慰过的海滩上画各种图案，之后，便留下了会心的笑声，在他们的身后，留下了一条条或深或浅的印迹，这些印迹看上去并不笔直，有些已经被浪花的飞沫抹得有些模糊；还是一对情侣，已经穿起婚纱在晨的海滩上拍起了婚纱照；一位姑娘则坐在伸向大海的石坝上，静静地看着浪击石坝溅起的浪花，她的男友用手机将她的侧影定格……

更年长的看海人往往成群结队，带着拍照的道具而来：十多个女游客一袭红装，时而排成一列，朝着涌向岸边的浪花站立；时而举起丝巾，任海风吹拂。一位独自而来的女游客架起了自拍架，一会儿摆出各种姿势自拍，一会儿自我欣赏拍出的照片；还有一对夫妇，手牵着手漫步海滩，他们的孩子拿着手机录着像，突然一股浪袭向他们，他们惊慌地躲着浪，叫声中带着笑语，让海浪也多了温馨。

看海人的心情是愉悦的、放松的。

晨时海滩随晨曦苏醒，也随晨曦热闹；晨时海滩是生情、酿情、抒情的地方。

二

我踏着晨曦去海滩，就是想看看日出，平日里走过有海的城市，就会打听在什么地点、什么时间可以看到日出，只要条件允许，就会在那个时间赶到那个地点，静静地等待日出的时刻。日出之前，天边嫣红而灿烂，这片嫣红是日出的铺垫，渲染了气氛，也为日出煽足了情。许许多多观日出的人都注目太阳升起的地方，等待它的跃出。

太阳如同一位美女，在海浪声中渐渐撩开了她的面纱。从一个点，到一道弧，到整个太阳被托起在海平面上，再到离开海平面，挂在天际。日出的整个过程不过两三分钟。刚开始，晨阳透着红晕，羞答答的，脉脉含情。随着太阳渐渐升高，色彩也由红转白，进而发出耀眼的光芒，让人感到刺眼。

我喜欢看日出，喜欢日出的这般状态，不急不躁，有着孩童般的天真，也有女子的多情和尔雅。

在厦门三天，去了三趟海滩，遗憾的是没有一天看到日出。有一天，看到太阳刚刚露出一个小点，就被浓云严严实实地包裹了。浓云时而被一条金边镶嵌，时而让太阳顽强地从中露出面庞。

我问自己，为什么这么喜欢日出，也许日出于我不只是新一天的开始，更给予我美的享受。

在海滩看日出，海浪的"哗哗"声是日出的伴奏，宛若迎宾曲，也好似婚礼进行曲，充满欢乐浪漫。

盘坐在礁石上，静静地看着海浪涌动，一个浪拍打礁石，溅起了浪花，又一个浪打来，又溅起了浪花，浪花晶莹，顷刻化为水沫，归入大海。一波又一波的海浪涌动，喘动的曲线优美,我听到了海的呼吸声。远处的几叶小舟轻轻摇晃,我仿佛见到了儿时的摇篮,听到了母亲轻吟的摇篮曲。

在海浪声中期待日出、欣赏日出,海浪、潮声、朝霞、晨阳演化出的万种风情久久烙在我的脑间,它们充满万般生机,又让我心生静气。

心如海浪波动,心在吟诵晨阳。

小 城 将 乐

小城将乐，这是将乐留给我的印象。在将乐逗留前后不到三天，走马观花式地看了一些地方，留给我的印象却极其深刻，觉得她美、她秀、她精致。小时候，读过《小城春秋》这本小说，几十年过去了，作家笔下的小城意境一直留在我的心间，书中散发出的小城韵味让我时时回味。将乐便是一座小城，十九万左右的人口。小城历史悠久，西汉时，东越王就选这个地方营建乐野宫，作为弦歌笙舞、狩猎游乐之所。公元260年置县，因"邑在将溪之阳，土沃民乐""东越王乐野宫在是"，得名"将乐"，属建安郡，为闽越地早期设立的9个古县之一。

那天，下榻在玉华宾馆，宾馆前就是一条溪，说是溪，其实比我见到的许多河还大，溪的名字叫金溪。将乐的同志告诉我，将乐矿产丰富，古时，先人们在溪中淘金,久而久之,人们便把这溪称为金溪。这溪的源头发自上游建宁,入泰宁至将乐,之后又汇入富屯溪,经沙溪并入干流闽江。从宾馆的窗口望去,溪水湛蓝、白云倒映,一座钢索斜拉桥横跨两岸,溪流穿城而过,宛如一幅水墨画。走过许多城市,每座城的格局几乎都是这样,要么江河溪流穿城而过,要么就是绕城而过。一座城市,有这么一条溪流,给城市平添了柔美。

站在溪边环顾县城,可见远处四面群山,山雾轻漫,金溪由西至东穿城而过,目之所及是四座桥梁,一列动车正从最西面的桥上疾驶而过,宛若一条长龙从山中窜出,很快又躲进了大山。看着桥,望着溪,我似乎寻找到了一个交会点,一个过去与现在的交会点。在没有公路、铁路的年代,江河溪流便是一条路,人们称之为水路。小时候,住在沙溪与剑溪的合流处,天色微明时,江上便沸腾了起来,筏工们哼着激越的号子,划着前一夜泊在江边的木筏上路。而今,高速、高铁取代了水路。将乐这座小城,便像是镶嵌在庞大路网中的一颗小星星。

逐级而下,上了环溪栈道。沿着栈道慢慢地欣赏江面的景色:江边一座城,水中也有一座城;天是天,水中也有天;天湛蓝,水也湛蓝;天上有云,水中也有云。水泛着微波,倒映在水中的蓝天、白云、建筑物和桥梁轻轻地摇动着，几只小船泊在溪岸，似乎泊在云彩间。

第二天天色微亮，又去了栈道，圆圆的月亮依旧高挂在城市的楼宇之上，我有些懊悔，如果再早上半小时，便可赏到水中明月了。此时栈道上已有不少人在晨练，我深吸了一下，闻到了空气的清新。头天晚上，与当地的同志一起品茗，他们很是骄傲地说，"将乐在中国百佳呼吸小城中位居榜首"。绿色清新，是这座城市的品牌，也是这座城市的骄傲。远处传来"突、突、突"的声音，打破了江面的宁静，几艘柴油小船在溪中捕鱼。其中一位渔翁正将之前布下的长长鱼钩拉上来，远远望去，似乎还是有些收获的。太阳渐渐从一片云中露出了面庞，日光投在溪面，一柱光影映向一叶轻舟。因为逆光，扁舟更显宁静。

溪水潺潺东流，从这里一直流向常口村。我在前一天下午，随在闽的部分全国人大代表去了常口村。我们伫立在村口"村规民约碑"前，听全国人大代表、村党委书记张林顺讲约碑的故事：1997年4月10日，时任省委副书记的习近平同志到常口村调研，调研中，习近平问增收、谈发展、寄予厚望；访农户、嘘寒问暖、情深似海。村民们深受鼓舞，将这些要求写进村规民约并勒石于村口。二十多年间，常口村百姓铭记习近平同志提出的"青山绿水是无价之宝"的理念，守护着绿色家园，做好生态文章。我们沿着小道走进田野：一派清新，荷花绽放，芋田青绿。村里还引进了现代农业，建设了千亩喷淋工程，喷淋喷出的水如云雾，果树宛若沐浴在雾海中，在阳光的折射下，这雾生出美丽的彩虹。村里正在建设"两山学堂"——这里孕育了习近平"两山"理念，应当讲好"两山"理念的故事。

坐在村民家中的客厅里，品着擂茶，茶入心怀。20多年前我曾经到过将乐，在玉华洞前的那个村喝过擂茶，甘中带苦的味儿一直难以忘怀。我一边品茶，一边欣赏姑娘制作擂茶的过程。制作擂茶的器皿就是一个形似碗的大钵，钵内有着一道道深深的凹槽，姑娘将一大把芝麻放进钵中，稔熟地用木棒在钵边反复搓揉，尔后放入茶叶、橘皮等各种中药材，擂成粉状后将烧开的水注入钵内反复搅动，独有的擂茶香味就扑鼻而来。我问姑娘，为什么不把擂茶制作成可冲食的茶品，这样无论在哪里都可以品到擂茶。姑娘含笑说，这方水土、这方风俗擂出的不仅仅是茶，而是这里的味儿。离开这里，水不同、风土不同，再喝可能就不是家乡正宗的味儿了。我边喝着热气腾腾的擂茶，边琢磨着姑娘的这番话，逐渐理解了故乡、故土的含义。

黄昏时分，太阳将要落山，晚霞映红天边，秀美了湖光山色。远处仿佛处在湖中央的那座山包叫"回头山"。常口村是库区村,与顺昌接壤,是将乐东大门的门户,也是将乐走向外界的重要通道。游子走到这里,常常会情不自禁地"回头"。这"回头"中有多少眷念,又有多少不舍,更有多少乡愁的涌动。"家在这里,爱在这里,我总是回头望着你。擂茶飘香,瓜果遍地……回头望你家乡的回头山,那是离乡的儿女乡情依依……"这首由著名的词作家司顺义、曲作家张卓娅谱写的《家乡的回头山》,唱出了将乐人对家乡的爱,对家乡的情。欣赏着这落日美景,回味着听到的故事,我想着如果在这湖边建一座望湖亭,与"回头山"遥遥相对,人们望着湖,听着游子思乡的故事,心里会涌动多少思乡情愁。

第二天上午,我们驱车去了龙栖山自然保护区。将乐《乾隆县志》上载:"龙栖山,多蒙深潭,传说有龙居于此,故名。"保护区内有野生动物2129种,高等植物1763种,其中列入国家级保护的野生动物20种、野生植物9种,被誉为"天然植物园"和"珍稀濒危野生动物基因库"。一路上眺望窗外,初秋的田野绿中带着金黄,格外清新迷人。想起白露将至,当时就吟出了几句:"白露阳光白,田原稻已黄;天高鸟音远,人喜谷盈仓。"车行了一个多小时,进了山,涧水潺潺、青竹滴翠、柳杉挺拔。沿着竹林的台阶而下，我们走进了生产西山纸的手工作坊，看了老师傅演示的生产工艺，听讲解生产流程。一张西山纸要经过踏料、烘焙等28道工序，完全保持原始的手工操作，制作过程十分艰辛劳累，特别是"踏料"这道工序，近乎蛮荒。冰清玉洁的西山纸书印了多少鸿篇巨制，同时也留下了自身历史重负的深痕。西山纸已经被列为国家级非物质文化遗产，成为与擂茶、龙池砚并称的"将乐三绝"。

中午时分，走在保护区的小镇上，街道很宁静，不仅整洁，而且漂亮，房前屋后生长着各式的花。花朵随意攀援在用铁框和石块垒起的各种小造型上，天然去雕饰。从高处眺望小镇，以灰色为主基调的建筑被青山环抱，与青山相依，可以看得出，这里的人对大自然的依恋与热爱。

下山之后，我们又去了小王村，整个村落如同一个大花园，错落有致。通过"平改坡"，已经见不到平屋顶。走在村里的塑胶小道上，脚感十分舒服。这些年，镇里把美丽乡村建设与农地建设结合起来，通过农地建设的补助为美丽乡村建设提供资金支持，乡村变美了，耕地也多起来了。小桥流水，田园阡陌，我仿佛寻到了乡村的韵、乡村的味。

一路走来，我心里有些纳闷，从产业结构上看，将乐的工业占54.5%，但是，我在这儿的两天时间里，好像不见工厂的影子。后来召开的座谈会，解答了我心中的迷惑：为了保护好生态，县里建立了工业集中区，所有的工业企业都集中在集中区里，县里统一治理工业废水，统一治理大气污染。县委书记很自豪地说，他们正在努力打造亲山、亲水、亲绿、亲氧的休闲康养重要旅游目的地，让将乐深绿一派，清新满邑。

我品将乐，如同品一碗擂茶，味无穷、味隽永，在回来的动车上，写了这么一句："将乐乐观将来，金溪溪漾金碧。"

撩开面纱，明珠璀璨

——动车进岛记

2020年12月26日（庚子冬月十二日），必载入平潭之史册、中国铁路发展之史册。此日，福平高铁正式通车，首列动车驶出福州，历福州南、长乐、长乐东、长乐南，跨平潭公铁大桥，用时30余分钟抵达美丽的平潭岛。平潭一派喜色，无不欢欣鼓舞，百姓云：梦想成真。

平潭，又名岚岛、海坛，仿若一颗璀璨明珠落于海峡，熠熠发光。自古以来，木帆船、机动船、轮驳船、汽轮船，平潭人与船有着割舍不断的情缘，无船不能离岛。世代平潭人的脑际中，想的都是船，论起火车，宛若梦中。曾记得，车至娘宫码头，海峡阻绝，渡船载车而过；遇台风等极端天气，渡轮停摆，岛遂与外界隔绝，影响百姓生活，制约平潭发展。平潭有如美女掩于面纱，酒香飘在深巷，珍珠藏于贝壳。

新世纪，平潭迎来了新的发展机遇。平潭综合实验区成立，打造台胞台企"第一家园"。

一桥飞架，天堑变通途。2010年，渔平高速公路通车，一桥连陆岛，从此告别轮渡。有桥相连，岛不再孤立，平潭不再遥远。一桥撩开面纱，世人一见惊叹：平潭不再居深巷，让人闻得酒香醉；平潭这颗珍珠，愈加耀眼，让世人瞩目。

拥抱高铁，再添活力。2013年，平潭海峡公铁大桥动工，继公路桥通车后，铁路桥又顺利通车，长龙跨海来，引得平潭舞。从轮渡至平潭公路大桥再到公铁两用桥，步步展现在世人面前。桥似根丝线，串起人屿岛、长屿岛、小练岛、大练岛，跨越元洪航道、鼓屿门水道、大小练岛水道、北东口水道。福平铁路连接全国铁路网，使平潭拥有了我国第一座真正意义上的跨海峡公铁两用桥。

"蜀道难，难于上青天。"平潭公铁大桥堪称超级大桥，建设之难超乎想象。风大、浪高、水深、流急、礁多、工程量巨大、作业环境恶劣、施工难度大，挑战空前，建设者不畏艰险、攻坚克难，用新结构、新技术、新工艺、新装备，书写了中国建桥史辉煌一笔。

长龙入平潭，引来八方客。美丽平潭，旅游胜地，听石头唱歌，观海岛胜景，品平潭美食。美丽平潭，创业福地，投资企业纷至沓来。

 一桥跨海去，动车向平潭。车至平潭，不是终点，将来还将跨海而去，向着海峡东岸，向着宝岛台湾。我们念着，我们的同胞；我们想着，祖国统一。

版画"平潭"

平潭处处皆景、满目皆画，既有水墨画的写意、工笔画的精致，又有油画的丰富色彩，而我更喜欢如欣赏版画艺术一般去欣赏平潭。

平潭的石头厝是先民们智慧的结晶。他们向山取石，依山建厝，厝厝比邻，层次错落，简洁明快，充满着石头的原味，抑或间一两面红墙，使整个画面活跃起来。走进村落，仔细欣赏一堵墙、触摸一堵墙，每一块石头，都带着明显的雕琢痕迹。每一座石头厝都如同大块阳刻，厝之间如刀刻出的线条构图，如版画般的画面，沧桑而厚重，这是钢钎的雕琢与岁月的侵蚀产生出的艺术效果。

平潭的岩与礁亦具有版画之美。在仙人井、在"68"小镇、在大练岛、在许多的海岸边，都可以见到裸露的岩石，一条条石脉，一道道纹理清晰可见。雄立在海岸的礁岩，任海浪搏击，随风雨侵蚀，这不就是版画中的"蚀刻"吗？岁月蚀，海风蚀、海浪蚀、风雨蚀、阳光蚀，天空、大海、岩石，大块的明面构成的图，率性、雄浑，稚拙、朴茂，无不给人天然去雕饰的苍劲之美。

平潭的海堤亦如版画。在平潭，有湾的地方就有堤，有湾的地方就有船的停泊，尤其是在台风天气，千帆云集。我远远地欣赏这条堤，它像是刻在海湾上的一块明面，与月牙似的沙滩、错落的古厝和依偎在堤上的船，构成了版画，一幅充盈着人间烟火味的平潭风情画。

远处艘艘渔船，像镶嵌在蔚蓝大海之中。海衬托着渔舟，丰满密集和萧疏简淡在这里得到了展现，亦如一幅版画。海与船相依相偎，海上有船，让大海变得温馨，也变得多情。

平潭有着版画般的韵律美，这幅版画透着平潭的本色，也蕴藏着平潭的精神内涵，表现着平潭的阳刚之美、厚重之美、率性之美、明快之美。

屏 南 一 日

屏南在我的脑海中，最抹不掉的是白水洋、鸳鸯溪和漈头古村。盛夏时节，白水洋是孩子们的天堂，在比足球场还大的浅浅水面，孩子们嬉戏玩水，笑语充盈；鸳鸯溪是年轻人的旅游佳处，溪上鸳鸯成双成对，年轻人坐在溪岸，柔情绵绵；漈头村耕读文化博物馆让我流连，每每想起离村不远的石牌坊就会心灵震撼。

这段时间时常听朋友说，屏南的龙潭村、北墘村是乡村旅游的好去处。看他们眉飞色舞讲起龙潭和那里的新村民的样子，我有了再赴屏南一游的兴趣。

初春时节，从省城出发，在屏南县城住了一宿，第二天起床望见窗外下着蒙蒙细雨，心里有些失落，怨老天爷不给面子。吃罢早饭，从县城驱车上高速，20分钟左右便从甘棠下了高速。车向着峡谷深处驶去，一路风景：山坡上，李花素白、樱花嫣红，还有各种我说不出名字的野花，映在青山绿水间；偶尔也会遇上几株光秃秃的树，枝丫横向天空，似乎在告诉我，初春时节，寒意犹在。

龙潭村坐落在峡谷中段。下了车，一股浓浓的乡韵扑面而来。村庄沿溪畔而建，错落有致，红红的灯笼装点着村落，让古村透露出几多生机。龙潭村现在可是"网红村"，许多人慕名而来，在这里找一处民宿，静静住上一段时间，看看这里的山水风光，静下心读读书，或者在画坊作画，或者在咖啡吧边喝咖啡边聊天……体会岁月静好。

岁月的侵蚀让村庄有些老旧，但也由此沉淀出浓浓的乡韵乡味。我竟有些激动——这就是我要找的乡村，这就是我要找的乡韵！这些年，我虽走过一些村庄，但总是觉得有些失落。一些村落经过大拆大建，变洋气了，整洁了，但却失掉了些许古朴的意味。

地处深峡之中的龙潭，有如一位被锁在深闺的如花姑娘，沉寂着。近些年，这里的村民渐渐搬到更靠近耕地的地方，留下不少空置的老宅，在这里任凭风雨侵袭。遗珠总有相识时，在脱贫致富和乡村振兴的潮推下，一批文化人将目光聚焦到了龙潭，相中了这里的民居，租用老宅改造成民宿，成了龙潭村的新村民。深闺渐渐地撩开了面纱的一角。省住建厅和县里的领导敏锐地意识到这不仅能激活老宅，而且也能激活乡村，在一次次调研和探讨之后，村里的公共设施被进一步完善，从而吸引了更多的文化人到这里安营扎寨。

有人认为，这是一次文化赋能，将文化注入乡村。我更愿意把它看作是文化的返乡。中国经历了漫长的农耕社会，孕育和产生了农耕文明。行走于乡间，我看到最多的是"耕读传家"，听到最自豪的介绍是家族里出了多少读书人，多少人考中了进士，甚至中了状元。有两副对联至今还记忆犹新："四壁书声人静后，一帘花影月明初""养身谷为宝，继世书留香"，耕读传家从来就是我们的传统，先辈已经把养身与继世的道理说得如此明白。农村不仅弥漫山野之气，更弥漫着谷香与书香融合的乡村之气。如今的龙潭，居住着100多位新村民，他们当中，有许多艺术家，文化人，他们将老厝改造成艺术空间，改造成图书室；将古村改造成适宜文化人聚居的村落。

沿着石板铺就的小道行走，青石板被磨得油光可鉴。在这儿，我又看到了水碓房——溪水推动木轮转动，木轮带动碓头捶打石臼中的稻谷，捶打后，手摇木风机让米与糠分离。水碓房有些破旧，可我还是注目于它，真佩服先人的智慧，在没有任何现代能源的时代，能把生活安排得有滋有味。

离水碓房不远有一处咖啡屋,外表上看是一处老宅,进到屋里,咖啡的气息扑鼻而来。架子上还摆满了主人的文创产品。咖啡屋主人是一位青年画家,来自江西。他向村民租用了两座老厝,一座用于创作和居住,一座用于开咖啡屋。透过咖啡屋的窗子,可以观赏溪流,可以看到水中裸露的礁石,可以看见女子在溪边浣衣。晨阳时、黄昏下,坐在窗前,一边品着咖啡,一边赏着景色,心一定是静的。

已经辟为民宿的老宅,人多成了艺术空间,各自体现着艺术家的张扬个性。空间里展出的画作大多抽象、率性,有的色彩运用大刀阔斧,直抒胸臆;有的又是那样朦胧细腻。画作销路如何?画家告诉我:"还行,主要通过网络销售。"艺术要有欣赏者,网络为艺术家们找寻能够欣赏画作的知音,也为乡村注入了新的活力。

为了吸引更多艺术家,村里专门将一处老厝改造成了艺术馆,用于各种艺术展。与其他老厝的改造相比,它算是最具现代气息的建筑了。朝向步道的大幅落地玻璃,吸引着游客的眼球。我去的时候,艺术馆没有办展,透过玻璃,可以看到画廊上的作品。多是些现代书法作品,充满着山野之风与率性之美。

看罢龙潭,又去了北墘村,两村相隔大约半个小时车程。春天的乡村，田野明媚，村落整洁，远看犹如一幅画，让人想起陶渊明笔下的《归田园居》，纯朴自然，恬静高远。

我们去了村里的大礼堂，这种建筑风格，一看便知是"文革"时期的建筑物。一楼是礼堂，二楼两边是厢房，厢房被改造利用，类似青年旅舍，价格便宜实惠。

北墝以酿制黄酒闻名，乡党委书记告诉我，北墝村世代酿酒，家家酿酒。走进一户人家，热情的主人给我们端上了用酒酿冲泡的蛋花——这是村子独有的待客之道。我一边喝着，一边听主人讲酿造黄酒的技艺。我不懂酿酒，听起来也不是太明白，只大概知道酿黄酒的几个要领。首先是水。村子里的几口井，是酿酒取水的必备。其次是酒曲。这里的酒曲都是自家生产的，做酒曲需要用醋。主人把我带进厨房，房角有一大坛子，里面装的是醋，主人让我猜猜这醋有几年了。我琢磨着，主人会让我猜，那一定是有些年头了，二三十年吧！主人笑了，100多年了。我很惊奇，一坛醋，100多年，那可是真正的老醋了。村里人要酿酒，都要到这里买些老醋回家制曲，用这里的醋制曲，曲好。再次是时间。酿酒最好的日子是冬至，那天酿出的酒不酸。一天能酿出多少酒啊？主人说他一年就这一天酿酒，一天可以酿十多坛。他领着我去看他酿的酒，老宅一楼的阴凉处，摆放着十多坛，每坛都有150斤左右。

　　这儿的酒可以认购。你觉得满意了，先付钱，选上一坛酒，写上你的姓名，三年后开坛，好酒，取走，如果酒酸了，钱退回。一坛酒多少钱？主人告诉我，1000元左右。品一口主人端上的老酒，甘醇四溢。

　　走在村巷中，油纸伞装饰五颜六色，让人不禁联想起戴望舒的《雨巷》，婉约而清新。穿过小道，便可望见六角古井。井水似有感知，来人多了，或是响声大了，井水便会涌动起来，冒起水泡。井边土墙上书写着六角井饮水须知，内容仅有两条："一是本水井水头不准任何人分水私用，违者则罚干谷一百斤，交管理人员。二是本水井不准任何人洗什物等件，违者接受大家批评教育，如有坚持不改者，管理人员有权按情处罚。"简单明了。这就是村民自治，村规民约。村民们共同遵守，保证了这井的水质，也保证了酿出的酒的质量。

　　正是午时，又去了酿酒展示馆，这里展示着酿酒的全过程，把展示与体验结合起来。几位酿酒师傅正在揉米团，米香扑鼻。在北墘，我陶醉在酒香之中。

　　此次屏南之行，记忆中又多了两个抹不掉的地名：龙潭、北墘。

沙县小吃的魅力

辛丑年刚过去六个月,已经去了三趟沙县的俞邦村,不为别的,就为那里的小吃。

俞邦村是山城沙县夏茂的一个村落,以小吃而著名,这里的许多人外出经营小吃,走南闯北。村庄里,小吃店一家连着一家。站在店前,远方的山环绕着田野,清澈的溪流从村前穿过,近处荷田荷花盛开,瓜棚里的冬瓜垂挂在棚架上,远处一片青绿,各种蔬菜生长着。田野的风和着店里飘出的香味,别有风味。

店里的各式小吃,有些我十分熟悉,有些则是第一次见到。看着这些小吃,我仿佛回到了孩提时代。那时放学后,刚走出校门,便直奔校门口路边,买一分钱一小包的酸枣糕,三分钱一碗的仙草蜜、豆腐脑;课间时,同学从书包里拿出家里带来的咸花生、豆腐干,你一粒,我一片,那样的场景好不温情;周末上山砍柴时,母亲准备的午餐里的腊肉、腌笋;上山下乡回家时,母亲端起锅里的蒸笼,为我做一碗干拌面,花生酱的香味至今还是我拌料的最爱……每每想到这些,总觉得小吃虽小,但它留给我的印象却不亚于一道丰盛的大餐。也许当初吃到这些小吃的时候,只把它们当作食物,一种舌尖可以得到享受的食物,随着年龄的增大,舌尖上的味道渐渐地变成了一种思念、一处乡愁。曾经到过侨乡,村里有一个快递站,员工告诉我,这里寄往国外最多的就是村里农家做的糕点。我曾问过长期生活在国外的侨胞:这些小吃国外没有吗?他告诉我,唐人街上也可以买到,可是,总觉得味道不够正宗,还差点家乡小吃的那种味儿。家乡的小吃,用的是家乡的食材,家乡的水土,那吃起来才有家乡的味儿。

我第二次去俞邦村的时候,恰逢"沙县小吃制作工艺"被列为国家级非物质文化遗产代表性项目,其中涉及的小吃品种就有100多种。把众多小吃制作工艺"打包"成一个项目,整体列入非物质文化遗产,这在全国尚属首次,足见"沙县小吃"的魅力和影响力。据沙县统计,目前沙县小吃已多达200余种。

小吃当然不只沙县独有,就福建来说,每个县城、每个乡村都有特色小吃,如福州的鱼丸、泉州的面线糊、福清的滑蛏汤、永泰的葱油饼、连城的九门头、建瓯的光饼、闽西的"八大干"……但是,"沙县小吃"以其丰富的品种而形成一个小吃产业,作为扶贫项目和乡村振兴项目,规模不断扩大,却是其他地方小吃不可比拟的。

坐在俞邦村的街边,点了一份豆腐脑。卖豆腐脑的大嫂先从大桶中一片片地盛出白色的豆腐脑,而后问我需要哪些配料。各种酱料,麻的、辣的……要什么味自取自调。我问大嫂,这豆是哪儿来的,她说,是自家种的本地豆,自家田地种的豆子才会有这样的香味。这让我想起了武夷山的茶,每道山涧采摘的茶都韵味不同,因为土壤、日照、水分都不同。手中这碗豆腐脑,散发着一股浓浓的豆香味。

舌尖上的需求变化,让沙县小吃不断创新,品种不断丰富。比如,有些食物原本是没有馅儿的,只是人们在吃的时候,将餐桌上的酸菜、咸笋等食品裹在这些食物中,觉得味道不错,渐渐地"有意"为之,逐渐定型,成了一道道地方小吃。沙县小吃的创新有多种方式。一是对食材进行深加工。比如将米磨成浆,烧好一锅鲜美的汤,将米浆淋在锅边,米浆熟卷,铲入锅中,如此反复数次,便成了锅边糊。又比如七层糕,籼米洗净浸泡4小时后磨浆,浆分两份,一份加入白糖搅匀,另一份加入红糖搅匀。蒸笼铺好布入锅,淘适量调好的白米浆均匀地倒在蒸笼上,蒸 5 分钟后,再添等量红糖米浆均匀倒在蒸笼上,再蒸 5 分钟,如此反复蒸添,一直到第七层为止,再蒸半小时,取出晾凉食用,甜、软、凉、碱香、糖香,口感丰富。二是将食材组合。比如芋头糕,就是将新鲜的芋子与米浆按比例搅拌,加上食盐,倒入铺有竹叶或荷叶的蒸笼中蒸熟。米香、芋香、荷香或是竹叶香,在烟火的作用下融在了一起。还有芋头饺,是将芋头蒸熟,加入地瓜粉捣成芋泥作皮,辅以肉丝、酸菜、笋丝等作馅儿,便成了芋饺。三是在健康养生上下功夫。沙县位于闽北山区,比较潮湿,百姓从事体力劳动,为了驱除寒湿、强身健体,在许多炖品中加入中草药,如石橄榄鸭母盅,具有清热养阴、润肠生津、止咳之功效;茶树菇排骨盅,具有益气开胃、补肾滋阴的功效,可提高人的免疫力。

当地特产的丰富程度与小吃的丰富程度成正比,沙县丰富的物产提高了沙县小吃的匹配度和创新度,为沙县小吃的创新提供了丰富的食材。一方面,一些村落长期处于自给自足的状态,在相对封闭的自然环境中,保存了不少传统的风味小吃,如郑湖的板鸭、南霞的泥鳅粉干、沙溪以北的米冻皮、夏茂的甜烧卖、富口的腌苦笋等等。另一方面,沙县地处闽中以及沙溪下游,曾是繁极一时的农产品集散地，各地商人云集于此，也带来了各种口味，在一定程度上推动着沙县小吃的变革。沙县小吃，就是在丰富的物产基础上，在封闭与开放的相互碰撞中，在保持本味又融入外来口味中，不断地推陈出新。

沙县小吃的制作凝聚着当地人民的智慧。生产豆腐所需的卤水，是在深山中用木头烧制出来的；制作煎包所需的酵母，是百姓自己培养的；制作小吃所需的红酒是家酿的米酒，所需的糖是蜂蜜或是自家熬制的红糖；豆豉是自家豆子腌制的……沙县小吃还承载着当地的文化、民俗。沙县盛产黄豆，用黄豆制作豆腐，又细分为烫嘴豆腐、竹荪豆腐、洪武豆腐，豆干包、烤豆干等等，豆腐深受沙县人喜欢。因为豆腐的"腐"与富贵的"富"同音，沙县百姓便将豆腐冠以富贵之意，寓同享富贵之愿望。你到沙县去，那里的人会给你讲许多有关沙县小吃的故事，品着小吃，听着故事，那是一种享受，你会感到小吃中有智慧也有情义。

沙县每年举办一次的沙县小吃文化节已经持续了 20 多年，沙县小吃始终重视挖掘小吃中的文化内涵，用小吃文化搭台，打造小吃产业。

九龙洞·九龙潭

初冬时节,去了福安白云山,有一景区名为九龙洞;后又去了泰宁的九龙潭景区。两者皆为山景,皆是山清水秀,皆以九龙取名,但洞、潭意趣大不相同。

白云山九龙洞:石臼奇观

在福安之东北,有一山为白云山,其山有一山涧,人称九龙洞。行走山涧,有石臼奇观,大的似缸,小者如盏,更多如碗,表面光滑,宛如工匠打磨,实则千年水磨而成。沿山涧而下,其间还穿过一些溶洞,其状甚巧,有的洞壁狭窄,只容一人侧身通过;有的洞壁低矮,需俯身进入。其间有一石,被水击穿成洞。立于洞穴,仰望蓝天,洞穴下一泓清泉,偶尔有水滴入清泉之中。同行者说,可感滴水穿石之功效。

沿峡逐级而下，一路泉声相伴，涧水相随，有的似九天瀑布，冲啸而下，水冲石臼；有的如一条蛟龙，穿涧走石；有的温顺地依贴石壁，水如乳汁流淌。然顷刻间水影全无，只闻水声潺潺，须臾之后水出山涧，聚力而下成为瀑布，令观者惊叹！此乃涧中有涧，暗流涌动。

立于观景台上，沿峡谷而望，深潭有大有小。潭水幽蓝，山景倒映，微波灵动。不时水滴潭间，泛开水纹，潭中碎石纹理荡漾，有如小鱼悠然自游。叮咚滴水声，其韵悠长。水流山涧，欢快愉悦。

导游言，从此继续往上，可达白云山峰顶，其峰四季云雾缭绕、弥漫如海。峰顶有一帐篷营地，乃观佛光之佳处。夏秋时，来此宿营者众多。然佛光可遇不可求，若想欣赏佛光，须心诚等候。导游言，她数次宿营，只在最近一次与佛光结缘。当日，在山顶宿营者见晨色已晚便启程下山，晨时7点多钟，佛光突现，尽收眼底。言此，导游心情愉悦：能见佛光者，也乃幸事。

下山时，回想九龙洞，涓涓细流，滴滴细水，锲而不舍地滴注，顽石也可成臼。穿石成洞，石洞一层套一层，流水一潭接一潭，洞洞相连、洞中有洞，奇姿异态。

联想干事者，滴水穿石般坚持，锲而不舍攻坚克难，亦可造就一番天地。

泰宁九龙潭：丹霞山水微缩明珠

泰宁乃旅游胜地，以丹霞地貌而闻名。泰宁之胜景，于我的印象中有大金湖、上清溪、尚书第等。此番到泰宁，朋友鼓动去九龙潭看看，此为泰宁新近开发的一处景观，无论泛舟，或是行走栈道，都有一番趣味。

从县城往龙潭景区，驱车约20分钟。一路上群山绵延，偶尔裸露的山体，土为淡红，坑坑洼洼，仿佛有人开凿过。车行至九龙潭景区，下车后可见一面巨大石壁，其状如武夷山天游峰下的那面。沿石阶而上，木竹青翠，微风细拂，鸟声悦耳，不时可望见几只松鼠蹦跃树间，好不欢乐。至山顶，俯视可见一湖，湖上泊竹筏及游艇，众人登筏，筏工边筏边讲解，不时还唱上几曲山歌，靠水传声，四壁回音，宛若天然音箱。

筏过古石桥，此桥桥墩由石块而砌，状若石门。筏工言：此乃鲤鱼跳龙门，可给过此门者带来好运。众游者听言皆欢喜。吾静观湖水，水清澈湛蓝，山倒映，从此渐次进入虬龙峡、晴龙峡、应龙峡。峡者，两壁峭立也，筏行壁间，仰望天际似一线，光映石壁，若明若暗，峡壁最窄处，约一米余宽，似幽谷水巷。两手张开，双手可触摸两壁。筏工又言，手摸石壁，心想事成也，引得众人皆侧身触壁。石壁油光可鉴，浸润着手的温暖，也蕴含着人的情感。

潭中还有一景乃水中龙洞。竹筏行于洞中，灯光映照石壁，五光十色，犹如仙境一般。我去过这么多景区，如这般光影，还不多见。筏工言，夜游九龙潭别有一番风趣，整个景区皆有灯光添秀，更加迷人。此番无暇，心想闲暇时一定来静享九龙潭的美丽夜景。

筏泛潭中，一路可赏圣象迎客、玉龙岩、仙女晒纱崖、犀牛望月、丹崖绝壁等景点。人言，心有灵犀一点通，这些景物，往往只是神似，初看时看不出所以然，在筏工的指点后，再仔细端详方品出其中味道，觉得有些神似。

欣赏九龙潭风景，泛筏环潭是一种方法，也可泛筏后靠岸，沿栈道而行。或步天梯登高望远，风光无限，尽收眼底；或漫步水边栈道与艄公渔人山歌唱和，仿如置身世外仙境，悠然自得，各得其趣。

约 40 余分钟，筏又回原地。再回望，原来九龙潭中央为一山体，水绕山体成潭，一弯一景、一程一貌，给人一种清、静、奇、野之趣。清新空气扑面而来，让人仿佛置身天然氧吧，神清气爽，众人皆叹胜景也。

游罢归来，意犹未尽，九龙潭妙在融湖、溪、山、谷、岩、峰、沟为一体，游者可得山之乐、水之趣，可览峰之险、谷之幽，其岩斑驳有如壁画，其沟深壑险泉声沁心，无愧"泰宁丹霞山水微缩明珠"之美誉。

白云山九龙洞，因传说九龙出没而得名；泰宁九龙潭，因四周九条蜿蜒如龙的山涧泉水汇聚潭中而得名。龙，民族图腾也；九龙，祥瑞也。

有厝，便有家

冬日黄昏，透过落地窗子，欣赏湛蓝的大海。海水卷起波浪，向着沙滩一浪一浪卷来，又一浪一浪退去，卷来、退去，沙滩湿涔涔、细润润的，落日的光倒映在海水中，波光粼粼，几艘小船在落日沐浴下归航。夕阳映在沙滩上，细软的沙滩有如一幅画，画里有晚霞，有落日，还有湛蓝的天空飘着几朵云彩。

窗外的风刮着，风的威力可以从沙滩上和近海的风力发电机巨大的风轮转动中看出来。

然而，我被这座屋子严严实实地包裹着，可以悠闲地赏着海上风光，冬日的寒风却一点儿也侵扰不了我。

这座屋子，便是平潭的石头厝。

平潭这座海岛，虽常年受到风沙的侵蚀，但岛上不乏石头山，裸露的石头，成了平潭造厝的石材，抗风、抗雨,岿然不动。石头厝是上苍馈赠给这座海岛的礼物。

闲的时候,我喜欢到平潭的村庄去转悠,站在海边、听着潮声,看停泊在港湾的渔船和山中错落有致的石头厝。整个画面犹如一幅版画,线条苍劲有力,透着沧桑。几个女人在港与厝相接的广场上补着渔网。阳光照在她们的脸上,也照在她们手中的梭子上。身后的石头厝,便是她们的家;眼前的这片海,则是她们心中的牵挂。

晾晒的渔网是渔村的一道景,它网住了大海,也网住了石头厝和这里的人。

我喜欢站在石头厝的屋顶,吮吸带着些许腥味的海风。从屋顶上环顾,目之所见的石头厝,几乎都晾晒着各类鱼干。平潭的石头厝是有灵性的,它经年累月吮吸海风,石头缝中的每一个细胞仿佛都被这味浸润。

有时,我也会到后山走走,那里的沙地种着花生。平潭没有多少土地,适合种植的土地更不多,唯有这花生,与沙地为伍,与石头厝相伴。你走进石厝人家,主人一定会捧上一杯茶,端出煮熟的花生。石头厝充盈着温馨,洋溢着石厝人家的热情。

看到石头厝,便会想起平潭。

美丽的厦门湾

站在鼓浪屿欣赏美丽的厦门湾,透过氤氲的雾气,可隐约见到对岸的高楼以及港口。厦门人告诉我,那是漳州开发区。

这一次,我去了厦门湾的南岸。天气非常晴朗,刚刚走进下榻的房间,推开窗子,厦门湾就映入我的眼帘。极目远眺,海天一色,海水拍打岸礁的浪击声,仿佛《摇篮曲》那般柔曼,白云在微波中晃动,好似襁褓中的婴儿。一艘满载着集装箱的货轮驶出海湾,海轮鸣着长笛,惊起了鸥鹭,它们在海面盘旋,发出欢鸣声,似乎在送这艘货轮远行。我把目光收近,几对情侣正在草坪拍着婚纱照,浪漫而又温馨。他们陶醉在这情调之中,时而相拥、时而牵手、时而相追逐,时而席地而坐、深情对望。中午时分,我也走出户外,慢慢感受着这里的建筑所营造出的浪漫情调：欧式风情一条街，铁艺花架上的各种绿植，街中央的鲜花，罗马风格的广场。

在南岸度过了一夜，这一夜没有睡好。人躺在床上，心却想着海湾，想着碧波，想着浪涌，想着天早些放亮，好再去欣赏晨时景色。清晨五点多些，拉开窗帘，天际一道长长的嫣红的霞光，在黑暗中显得格外耀眼。厦门岛仍被夜色笼罩着，很是宁静。独自走在厦门湾南岸的堤岸上，堤上灯火依稀，与湾面上的渔火相呼应。正值八月，凉风拂面。那道嫣红的晨霞渐渐淡去，天空渐渐地放白。而后便是更浓烈的朝霞绽放，如同火焰燃烧一般，这是朝阳升起的前奏。朝阳渐渐呈现在我的眼帘，先是一条非常明亮的线，接着慢慢地成了弧线，而后是小半圆，半圆，整圆，最后脱离了地平线，渐渐升高，从跃出的红色到金黄色最后又变为白色，整个过程不过两三分钟。唤醒了海湾，几艘货轮，有的从湾内驶出，有的正驶进湾内，汽笛声此起彼伏，湾的两岸渐渐热闹起来。

沿着堤岸走去，有一处建筑格外引人注目。它形如一座塔，走到跟前，建筑上写着"海错馆"。"海错"一词，是中国古代对海洋生物、海产品的总称。用今天的说法，就是海洋生物馆，用"海错"取名，体现了文化的传承。还不到开馆时间，我没能进馆去欣赏其中的奥妙，只能走上楼顶的观景台。在这里眺望，厦门湾一览无余，昨天下午刚刚去过的双鱼岛就在海错馆的不远处，斜拉桥的钢索在阳光的映照下好似一面竖琴，正弹奏着晨光曲。这桥是通往双鱼岛的桥。

双鱼岛是一座人工岛。岛上的展示馆里介绍了世界十大人工岛的图景，以及建设双鱼岛的定位和目标。走在岛上，放眼望去，绿草茵茵，芦花婀娜，给人些许荒芜的感觉。建设者们笑着说，这里的基础设施已经全部建设完毕，只待拔地而起。他们对未来信心满满。

站在双鱼岛的海湾边，从这里，眺望对岸，双子塔耸立在北岸的湾边，我遐想着有一天能在这里买一张地铁票，直通北岸；北岸的人也可以买一张地铁票，来到南岸，来这里度假、来这里创业。

这遐想，是梦，但也不是梦，它已经有了规划。

唤起回忆的地方

　　一段已经废弃的铁轨,从这里一直伸向远处,望不见头。

　　当地将这一段废弃的铁路改建成了铁路公园,一段铁路连着一段隧道,尔后又是一段铁路,这条铁路的尽处可以望见海,望见对面的鼓浪屿、郑成功塑像,还有海面岩石上的那盏航标灯,在薄雾中一闪一闪。往返于鼓浪屿的轮渡行驶于海面,汽笛声唤醒了鸥鹭,它们在海面上盘旋,欢鸣声和着汽笛声,好似一首交响曲。

　　走在废弃的铁轨上,耳际仿佛又听到"扑嗞、扑嗞"的声音由远而近,那是蒸汽车头负重前行的声音。它喘着粗气、吐着黑烟、拖着长长的绿色的车厢,以每小时四五十公里的速度向前。那时候,从福州经来舟,走鹰厦线至厦门要11个小时。

走过这段铁轨，穿过长长的隧道，青石砌成的隧道墙体被烟火熏得有些黝黑，泛着油光。这烟火有如文物的包浆，仿佛让我闻到了属于那个年代的气味，一股浓浓的煤烟味。记得头天晚上，朋友告诉我有这样一处公园，我一下子就有了去走走的冲动，因为我对铁路、对绿皮车有太多太深的情结。曾经有过的坐绿皮车的艰辛，今天回忆起来似乎变得浪漫，变得美好。

看着洞口低矮小的工作房，眼前又浮现出昔日铁路工人的身影，他们提着信号灯，步行往返铁路沿线，巡检、维护，为的就是保证铁路的安全畅通。

一座铁路公园，一处时代的印迹，从那个时代走过来的人，可以由此回忆往事；没有经历那个时代的人，也可以通过这处公园知道这座城市的过往，知道父辈的经历。

一处公园，可以让人触摸一段历史、感受一段岁月。

聆听古城的晨曲

我领略长汀这座古城,是在一个早晨。天色微明,走出宾馆,路上的行人不多,让人感到有些静谧。

最先领略的是广储门。晨阳已经从东方升起,皓月却还镶嵌于蔚蓝天际。广储门用石块垒起厚实的城基,黑瓦红墙的城楼,楼脊翘角向着蓝天,与天际连接。远眺城门,端庄沉稳,尽显古城汀州的风韵,一下子把我带到了古时"汀州府"的意境之中。

晨时的店头街,别有一番风味,昨夜的喧嚣已经宁静,尽兴的游人们此时也许仍在睡梦之中,舌间还回味着泡猪腰的美味。家家门店斜插的幡旗,油光的青石板,行走其间,在宁静中想象灯火璀璨、人群熙攘的画面,体会"蓦然回首,那人却在灯火阑珊处"的诗意。

穿过店头街,从惠吉门前拾级而上,便上了城墙。晨阳悄悄地从江对面的山后跃出,城墙上挂着红灯笼的凤凰造型的杆子与晨阳交融。凤凰,象征美好,意味吉祥。

阳光和煦,为这座八闽最长的城墙披上了金辉,好似流金岁月的沉淀。走在城墙之上,会想起巍巍长城,会想到家乡那一小段城墙和廊桥。城墙是一道印迹,虽然它失去了护卫功能,而渐渐成为乡愁记忆的引子。

走下城墙,走过一座现代的桥,便是新城。一桥矗立四座古老的牌坊,将古老与现代连接,演绎着"大美汀州"的梦想。

汀江边、城门前、游船旁,一排妇女在浣洗衣裳,交谈声和着棒槌捶打衣裳的声响交织,像是吟唱晨时的曲。城墙倒映在水中,水泛着微波,构成了古城一道灵动的风景。

汀江边的广场上,晨练者静心锻炼,太极拳、太极剑,柔中带刚,一招一式,那样的专注与投入。每一个方阵,各有统一的服装,尽显柔美与惬意。

从这里眺望汀江,山色黛绿、江天一色,日月交辉,古城愈加显得宁静。古城的一天从静谧开始,静谧孕育古城的喧闹,让城市的节奏渐渐快了起来。

一座古城,吟唱着晨曲,晨曲悠悠,有着古韵的清悠与浪漫。

三沙光影

去了一趟霞浦三沙,选择东壁的一处民宿住下,不为别的,就为追寻那里独特的光影。

清晨,五点多些,便匆匆起床去了花竹,那里是东壁看日出的最佳点。抵达花竹,东方已经吐了鱼肚白,如同聚光灯般映在海面,聚焦在海中央的那座小岛、那片网箱和几叶轻舟。

渐渐地,看日出的人越来越多,其中有些人扛着"长枪短炮",还有的人,带来了无人机,这架势,是要把今日的光影美色尽收囊中。人们静静地等待着日出,东方的天际渐渐变得嫣红,海面也渐渐被染得嫣红。如同一场大戏将要开幕,这轮嫣红便是暖场预热。

不一会儿,太阳从崳山岛的后面露出了它的脸庞,先是一条弧线,后来是半个圆,接下来是整个圆紧紧地贴在山脊线上,最后跃出了山脊线,悬在了空中。日出的速度超出了我的想象:整个过程也就是五六分钟的光景。我静静地赏着晨阳,它的周边晕出道道光圈,宛若佛光。

太阳斜映在海面上的那道光柱,大海的绚烂奔放,还有沐浴在晨阳之下的渔舟犁出的道道波光——这样的景色让人陶醉,也让人激动。不少游客以这缕阳光、这片大海、这道光柱为背景,将自己定格在光影世界里。

早餐时光,坐在餐厅里,透过落地窗,欣赏着海上的景色,它好似一幅淡淡的中国山水画。薄雾笼罩着远处的岛,如同披上轻纱,近处的海面雾气轻拂,列列网箱和竹阵如同五线谱,弹奏着海的浪漫曲。佳景宁静而闲适,可以洗心。

最美不过夕阳红。下午四点多钟,我独坐在民宿前的观景台上,望着阳光映照下的海湾,远处的岛、近处的海湾,朦胧中是淡淡的黄,几只鸥鸟盘旋在海湾、歌唱着,如是渔舟唱晚。

夕阳越来越接近山体,光也变得愈加温柔,不会那么刺眼。夕阳四周是一圈黄色的光,光的外围又是淡淡的透亮的红,光散在海面上,一片斑斓。

夜的东壁,海面渔火点点,与岸上的灯火相互眨眼。我坐在阳台上,任海风拂面,突然想起晚餐时有一位客人感叹说:"好似希腊的爱琴海。"

百度中这样评价爱琴海:"对世界各国旅客来说,更是浪漫情调旅程的象征。"我的三沙旅程,同样充满浪漫情调。

迷人嵛山岛

　　阳春三月，正是春暖花开时节，我去了一趟嵛山岛。嵛山岛，闽东的第二大岛屿，享有中国最美岛屿之美称。我从福鼎硋门登上轮渡，远眺大嵛山、小嵛山，如蛟龙横亘海中央，半个小时的航程，就上了岛，"中国嵛山岛"几个字映入眼帘。

　　最急切的还是登上岛的最高处，欣赏万亩草甸、大小月湖和远处的海。车从零海拔上到海拔500多米，眼界豁然开朗。虽是春季，连绵起伏的坡地长着芒草尚未复苏，一片橙黄中带着几分绿意。这是奇观，在海蚀地貌条件下大面积、密密地生长万亩芒草，在全国海岛绝无仅有，在世界上也是少见的。

　　记得多年前的夏季曾来过嵛山岛，那时的草场绿意盎然。当地的同志告诉我，这里生长的芒草，或青或绿或黄，百般颜色，适时转换，在海风的吹拂下，宛若轻涌的浪，美不胜收。偶尔间，还有几匹马、一群羊悠闲地啃着草，有一种"天苍苍，野茫茫，风吹草低见牛羊"的景致，使人心生"海上天山"之感叹。

择一高处，静静地欣赏大月湖、小月湖。如果把万亩草场视为崳山岛的脸面，那大、小月湖就是崳山岛的眼，明眸脉脉，娇媚灵动。当地人说，即便是干旱时节，湖水也不枯竭。这是岛上一奇，也是一谜。正是这水，秀美了海岛，安居着岛民，引来了游人。

行走栈道，小月湖就在眼底，它的更远处便是海，海中耸立着几处礁石或是说不上名字的小岛，天虽然不是那样晴朗，但山、湖、草、海、天、岛同框，形成了"六象归一""大象无形"的景象，当地人说，这是绝无仅有的天下奇缘。

与渔村相对的是一列长长的小岛，静卧在海中。山形柔美起伏、礁石雄浑伟岸，在村与岛之间形成了天然避风良港，渔舟静静地停泊在湾里，等候主人的差使。在乡村广袤的土地上，农民守望着田园；而这里的渔民，则与岛厮守、与海相望、与海相依。

走进渔村，便闻到一股浓浓的海鲜味，各家各户门前正晾晒着海鲜。鳗鱼苗捕捞时节将至，渔民们整理着渔网,仿佛可以想见,众舟船扬帆起航时的那般情景。清华大学建筑学院在这里办起了研习基地,许多青年设计人才纷至沓来,村小礼堂那浓浓的咖啡味正在慢慢地渗入渔村。清华博士、硕士帮助设计的长者食堂正动工兴建,老人们笑脸盈盈;还有一些游客,正在餐饮店中品着海鲜。我站在高处望着村落,村落整洁宁静又生机荡漾。

踏上归途,回望崳山岛,思绪如班轮卷起的浪花。崳山岛之所以迷人在于它有太多的未知,在于它的秀丽,也在于它的渔村文化。我一时诗兴涌起:

> 像是遗落海中的一粒珍珠,
> 在蔚蓝的海天闪烁
> 明眸的眼,与星星挑逗
> 云层有时也会忌妒,化作乌云
> 偷偷将雨水作为情物,滋润珍珠
>
> 像是嫦娥奔月时遗落人间的一幅画,
> 山、湖、草、海、天、岛
> 急急地寻找,画落何处
> 鱼儿从海中跃出告诉
> 这画落在了崳山岛上

村落与大海聊着天
一代一代地聊着，没有休止
面面帆影是给海的情书
声声浪涛是给村的情语
书里说，你是我的家园
语中言，你是我的倚靠
村落与海相守，岁岁年年
年年岁岁，不会终老

古 城 新 貌

我到寿宁已经有十多次了，每次来都会有一种"女大十八变"的感觉。初夏时节，车从福州出发，沿着沈海高速，穿洞过桥，观海赏景，三个小时就到了寿宁县城。"好快啊！"我心里感叹道。历史记载中的寿宁是一处闽越族出没的蛮夷之地，古代的文人墨客用"危峰幽壑""岭峻溪深""一线千仞，仰关者无所措足"等来描绘大山深处的县城。"车岭车上天，九岭爬九年"，这句民谣道出寿宁路之险、城之偏。也正因为寿宁"地僻人难至，山高云易生"，所以在战乱和赋税沉重的年代，寿宁反倒成为世外桃源，不少人从江浙一带迁徙而来，在这里繁衍生息。

20世纪80年代，我曾经来过寿宁，同样从福州出发，弯弯绕绕的314国道，一路尘沙飞扬，用了三个多小时才到宁德蕉城，用过午饭之后，又是三个多小时才到寿宁县城，一路颠簸，精疲力尽。那时人们聊起寿宁，常常谈"路"色变。

路是血脉，血脉不通，气血不畅。修路是摆脱贫困的重中之重。寿宁先建隧道，告别了盘山公路的历史，接着又建设高速公路，路网托起了寿宁。通畅的路，招来了商，引来了资，山货也从这里走向省城、走向四面八方。当地领导告诉我，这里正在规划一条高铁，我仿佛看到一条条高铁如长龙一般，南来北往。

寿宁，不再是偏僻之地。路，撩开了寿宁的面纱。

入夜，在宾馆房间里隔着窗子眺望夜色中的新城。灯火璀璨，远处的文昌阁特别耀眼。一座文昌阁，矗立在山之巅，端庄而又雄浑。它是县城的文化地标，也是人们乡愁的寄托。寿宁虽曾是穷乡僻壤，但却是崇儒尚学之地。离县城只有五公里的西浦村，是远近闻名的状元村，还有斜滩镇，那里也曾人才辈出。

在人们的记忆之中，寿宁只是个弹丸之地。冯梦龙在《寿宁待志·卷上·城隘》中写道："城围万山之中，形如釜底，中隔大溪。"在"风俗"篇中说，寿宁县城小如弹丸，从城东到城南，相距不到半里，步行就可走遍全城,出城不远,就是空山冷涧,再也没什么可去的地方了。据史料记载,565年前置县的时候,寿宁人口不过千人,号称"九山半水半分田"。寿宁县城就坐落在一个带状的山间谷地"夹皮沟"内,"地无三尺平,路无三尺宽""小小寿宁县,三家理发店,前堂打皮鼓,城外听得见"。

拓展县城,再造新城。当地领导意识到蜗居的县城,制约了人们的思想,消磨着人们的信心。要燃起信心,就要从"釜底"走出来,再造一座新城,让县城洋溢现代气息,充满朝气与活力。2012年,县委经过反复论证,描绘出了一张新城蓝图:在东起南阳镇下房村、西至鳌阳镇后壁洋、南起南阳镇龟岭岔村、北至鳌阳镇禾洋路,面积约11.88平方公里的土地上建设新城。新城建设的帷幕在蟾溪之滨揭开了,历经十年,新城雄起,寿宁展现出"一湖两岸"的都市风采和滨河城市的独特魅力。

望着这座拔地而起的新城,我感慨万千:在"地无三尺平"的寿宁要整出如此大面积的平地建造新城,简直是个奇迹。这地方,原本一个山包挨着一个山包,要整出这样的平地,不知要削去多少个山包,填埋多少条沟壑。"没有办法,条件就是如此,但我们不能因此而止步不前啊!新城,不只是改变县城面貌,更是唤起人们对寿宁未来的希望。"当时的县委书记如是说。他是一位从泉州到西藏的援藏干部，援藏结束后，省委将他派到了寿宁任县委书记。

敢拼会赢，不拼那只能永远蜗居"釜底"。新城建设序幕拉开，以"滴水穿石"的韧劲，一任接着一任干。

新城雄起，城关变大了。建设的大手笔，带来了县城的大变化，尽显了"山水相映、生态宜居、文旅交融、休养生息"的特色。

40米宽的主干道从南阳而入，百姓们感叹，在"路无三尺宽"的寿宁，能够见到这样宽敞的大道，将新城与老城无缝相连，犹如过去正与现在"握手"。

漫步新城，市民广场、音乐广场、湖滨景观路、文化长廊、学校、医院，功能完善。夜晚，音乐广场喷泉如梦如花，市民跟随音乐，跳着广场舞。不仅是居住在新城的人来广场活动，老城里的人也参与其中。

夜晚的新城灯火通明，商铺一家挨着一家。我选择了一家茶叶店品茗，寿宁本地茶散发着淡淡清香。茶叶店不远处，就是一家咖啡屋，朋友告诉我，咖啡屋的生意还不错。

看寿宁县城，自然离不开逛老城。寿宁老城，承载着历史，孕育着文化，吟诵着悠悠往事。

早上，天色微明，穿过马路，走进一条巷道，古韵迎面扑来：升平桥、东坝、日升门，古建筑群尽收眼底。

站在升平桥眺望，蟾溪潺潺而流，溪两旁高楼沿溪而筑，这便是最早的寿宁县城，看了觉得有些逼仄。溪面上一眼望过，廊桥连着两岸。

升平桥是寿宁县现存的建造年代可考的最古老的木拱廊桥，以升平名之，有日出而作之意。寿宁具有廊桥的故乡之称，影片《爱在廊桥》便是在寿宁拍摄。十多年前，我欣赏了寿宁廊桥后，写了一首《廊桥长廊桥美》的歌词："大山里，有一座座廊桥，跨过溪，牵着山，连着村，接着道。廊桥长，连着四方的路，山再峻，水再湍，有了廊桥，哪里都可以通达……"

这一次来寿宁，正是端午前夕，老城小巷到处都飘散着粽香。五月五，过端午，可是在寿宁，五月四，就是端午节。清代诗人柳遏春《官台山怀古》一诗中有一句："千秋今节成佳话，仍过端阳早一天。"写的便是寿宁县民间农历五月初四日凌晨祭祖过端午节的渊源。寿宁的官台山宋时就已盛产白银，到明代宗年间已成闽浙的四大银场之一，在福建乃至全国金融市场流通中都占有重要的一席。然而，因其地处闽浙边陲，重峦叠嶂，山高路险，易守难攻，时常有农民或叛军频频以此为据点武装采银。时至景泰六年，闽浙都御史刘广衡和福建按察副使沈讷根据官台山易守难攻的险要地势，在犀溪和赖家洋各设军营一处，当年官府为了发动乡勇参战，又不致走漏风声，就召集乡民商议策略，由乡民将刻有消息的小木片另包成小粽埋于粽子中，借走亲访友相互传递。那年的五月初四，官台山方圆几十公里的乡民就这样提前一天过完了端午节，并推举出十三位有武功善谋略的乡民，于端阳那天像往年一样提着粽子前往官台山进行慰问，趁叛军喝得稀里糊涂之际，纵火烧着了柴草间，扰乱寨军，打开寨门，采取里应外合的战术，内外夹攻，平复了官台山，收回银矿，寿宁县城也因此而建立。

寿宁建县，满怀壮歌，奠定了这座县城不屈的底蕴。

我在澳里

我住在澳里。澳里是一处民宿，藏在平潭东南部的钱便澳村，这里有一处码头，从这里登船可以去往南海乡，在南海乡塘屿岛南端是闻名遐迩的海坛天神景区。

入住的时候，已经是下午四点多钟，太阳渐渐西下。透过落地玻璃窗，海景一览无余。在平潭，有许多以"澳"取名的地方，澳前、观音澳、长江澳等等。被称为"澳"的地方，大多是海岸边弯曲可以停船的地方。钱便澳也是这样一个地方，眼下正是禁渔时节，一排可以驶向远洋的渔船正整齐地停泊在澳内，一条弧形石堤将它们围在堤内，即使台风突袭，它们也安然无忧。

下午五点多钟，我走出房间，站上民宿屋顶。远处的山，近处的码头，夕阳映照下的斑斓海面和古朴的石头厝，有如一幅版画，线条硬朗，错落有致。

民宿距离码头只有百多米，一条长长的堤岸向海中伸去。我站在堤岸的端头，从左向右望去，有如观赏一幅长卷。几只鸥鹭贴着海面飞翔，几叶小舟正从远处归来，让人不禁想吟诵"落霞与孤鹜齐飞，秋水共长天一色"。鸥鹭、归船、岸礁、碧波，动中生静，静中又有生气。

仰望长空，夕阳躲进了一片浓云之中，浓云的边缘像是镶了一条金边，一条蓝色的光柱从浓云后面磅礴而出，而在东南面，更有淡淡的红彩与蓝天相间，红中还包裹着黄，形状如心形。

天渐渐黑了下来，我们驱车去了"68小镇"。小镇在澳前，这里也如钱便澳一样停泊着渔船，它们在等待着禁渔期的结束，那时，渔船将会驶出澳内，驶向大海，开始它们又一年的捕鱼季。夜的"68小镇"，灯火迷人，不少人为了平潭的海鲜来到这里。这是平潭的"渔人码头"吗?

入夜，我们又回到了澳里民宿。在顶楼的观景平台上，或品茶，或聊天，或独自仰望天空，与星星对话。在城里，很难见到这样的点点星光。这一夜睡得很香。第二天早晨，被村里的喇叭声唤起，这种久违声音，让我意识到自己真实地在未经雕饰的传统村落居住。我躺在床上，听着喇叭中传来的新闻，而平时我是用手机来获知新闻的。也许,澳里的美妙,就在于它处在这传统村落之中,有着传统村落的原味。

早上,我独自行走在村落中,这是一片以石头厝为主体的建筑,这些石厝经风历雨,沐阳忍寒,带着斑驳的沧桑,也带着沧桑中的厚重。"平潭的石头会唱歌",从这些满是沧桑又显厚重的石厝中,我仿佛听到了它们的吟唱,也泛起了心中的乡愁。

祭万安桥

2022年8月6日21时10分，国家重点文物保护单位，入选中国世界文化遗产预备名单的中国现存最长的木拱廊桥万安桥毁于大火。闻之，痛兮、悲兮，国之宝贝毁于火中。

吾曾目睹廊桥雄姿，于十多年前在屏南长桥镇。此日乃初春时，云厚天阴。远眺万安桥，五墩六孔，南北走向；桥依青山，横亘山壑，连两岸村庄；经风沐雨，桥色灰暗，顶盖双披青瓦，古朴端庄，形如彩虹，桥身优美；桥下溪水潺流，偶尔几只飞鸟泊于桥前老树；桥前绿草茵茵，孩童嬉戏玩耍，老牛啃食青草。村落、溪水、廊桥、老牛、童声、鸟语，一派乡韵，悠然闲适，有诗赞："月照虹弯飞古渡，水摇鳌背漾神州。"

万安廊桥，曾名龙江公济桥、彩虹桥。始建于北宋元祐五年，全长 98.2 米，至今 932 年，民国二十一年重建时取名万安桥，取万民平安之意。自北宋始，几经人为拆毁、大火焚烧、洪水冲淹，毁而又建，足见乡人对桥之依恋。

廊桥在世界桥梁史上唯中国有之，万安桥又是廊桥之翘楚，有人称之为桥梁之侏罗纪公园，足见其弥足珍贵。于乡人心中，它是情感的寄托，是一处可以避风雨、放松心灵的地方，不论身在何处，廊桥总存于心。一座万安桥，在风雨浸润中丰厚了"包浆"，在乡人的眼里，它已不仅仅是一座建筑物，它更具有人文精神，承载着历史、浸润着文脉、饱含着乡愁。

万安桥毁于壬寅立秋前日夜，燃之仅余骨架。人们悲痛，社会热议，媒体争相报道。悲痛哭泣时，修缮声起，屏南积极呼应，已开启修缮之路。想起徐迟先生《火中的凤凰》，于大火中涅槃，却又从灰烬中新生。期待，涅槃中新生的廊桥，将文脉传承，将乡愁永续。

谨以此文祭火中损毁的万安桥。

万安桥新颜

甲辰四月，细雨霏霏，伫立溪岸边，怡然心悦，时隔一年余，万安桥得以修复，重现昔日长虹卧波之势。

万安桥于壬寅七月（2022年8月）为火所焚，吾曾作《祭万安桥》，表达心痛之情。此桥自宋以来，历毁历建，此次又历火患，村民痛心疾首之时，呼吁修复声起。

万安桥不只是长桥镇地标性建筑，不只具有人们通常所认识的桥的功用，它注入了长桥镇村民之情感，村民视之为长桥之魂，寄寓乡愁之所，护佑平安之桥。无论人处何方，是富是贫，是贵是贱，论起家乡廊桥，心就有所安放，心底就会泛起浓浓思乡之情。有村民说，万安桥承载着童年记忆，儿时嬉戏，暑时消夏纳凉的幸福与快乐历历在目。于村民认知中，万安桥历千多年历史，乃祖先留下的文化瑰宝，更何况，今为国家重点文物，吾辈更须爱之惜之护之，修复乃赓续之必然。

民愿炽热，各方共识，合力聚成，行动迅即。文物部门及时拨给修复经费，各组织和村民均自发捐款。有乡贤在该桥焚后数小时，即表示要捐款数百万用于修复。海外乡亲闻之，纷纷慷慨解囊，当地村民也尽力而为。现今桥头墙上贴有一张《万安桥修复保护工作专项资金和捐款情况》，细读捐项，多则数百、数十万，少则数千、数百，甚至几元，然无论多少，皆表一片心意。

修复伊始，村民自发成立万安桥保护中心，既起监督作用，保障工程建设，又着手建章立制，确保桥之安澜。吾踏行此桥，《保护公约》张榜桥头，喇叭即提醒："你已行至万安桥保护区域，请熄灭烟头等明火。"监控设施完备，桥头设值班室，专人全天候值守，防患意识增强，措施更为到位。

此次主建桥者，乃当地一位黄姓男子，他对万安桥怀有特殊情感：其太爷、爷爷、父亲皆曾主持万安桥修复改造，修复后的梁上，依旧写着他爷爷的名字。可谓是建桥世家。他言：参与修复，责任重也，也深以为豪。

修复万安桥，其难度较之其他廊桥更甚。此桥乃目前全国最长贯木廊屋桥，既为修复，须与残桥有机衔接，恢复原桥之样式。千多年前建此桥，桥墩皆为百姓捐建，桥墩朝向、高低并非一致。因此，修复中材之长短，榫卯之大小，皆需逐条细算，因墩而异。吾端视桥墩，墩之朝向确有差异，站立桥头回望，桥面确有坡度之感。

　　此桥修复，依其原貌，长、宽、墩、孔以及桥头岭等皆无变，牵引采用木工榫卯工艺，用合掌蛇吞蛇，腹里蛇吞蛇，六角骑桐，六角梁，软包肩工艺，曲插留边刻花，巧夺天工。桥面以杉木板横批桥中，两边靠座椅，前后两面钉防雨遮阳木板，行于桥间，一股杉木香味扑鼻而来。桥内红灯笼高挂，一派喜庆。吾感佩，传统造桥技艺后继有人矣，非物质文化遗产得以赓续。

　　万安桥边横亘长桥溪。连接长桥、长新两村。吾立于桥中观望，生发一股清逸洒落之意绪。清水淌过岩礁，漫过滚坝，水流如瀑，水车悠悠，圣王庙、江姑妈庙香火缭绕。穿行于古村，村韵十足，既有明清时代古建筑，还有解放初期所建青砖瓦，可触摸时代印迹、观历史之赓续。

　　万安桥修复，足见国家重视，党委政府倾心，人们对国宝之珍惜。卯兔冬月，桥竣工，爆竹声声、鼓声阵阵，载歌载舞，喜笑颜开。村民曰，心踏实了。

　　历史将会记下这一笔：卯兔冬月（公元 2023 年 12 月），饱含万民平安之意之万安桥修复事成。

　　吾观此桥，欣喜溢心，是夜写《万安桥新颜》，以记之。

小松：春风 春色

小松，是建瓯的一个镇，因小松溪而得名。正是四月，春光明媚，天朗气清，风和日丽。从福州出发去了一趟小松镇，一入小松，一派青绿：山青绿，翠绿中带着新绿，新绿中绽放各种山花，山花烂漫；田园青绿，广袤阡陌，绿油油的蔬菜遍布其间，偶尔还有成片的油菜花点缀着；水青绿，岁月不居，时节如流，小松溪水总是潺潺而流，默默守望着这片土地，滋润着这片土地，也滋养着她的子民。

田野间，拖拉机正耕作，偶尔还可见到几头老牛犁着地，翠鸟欢鸣入耳，为春天歌唱。映入眼帘的小松平原，满眼春色，令人心旷神怡，我被这里良好的自然生态所陶醉，被眼前的一派春色所吸引。

市里的同志告诉我，小松镇穆墩村有一个"双带双创"展示馆，展示了1996年时任福建省委副书记习近平同志下基层调研，在穆墩召开座谈会听取"双带双创"情况汇报的故事。

穆墩村是"双带双创"的发源地。"双带双创"就是党支部带领群众奔小康，党员带头奔小康，创小康村，创小康社会。

小松镇党委书记告诉我，20多年来，他们始终牢记习近平总书记的教导，坚持党建引领，把党的建设贯穿于各项工作，一任接着一任干，坚持"功成不必在我，功成必定有我"的精神，不断赋予"双带双创"新的时代内容，用"双带双创"推动各项工作的开展。展馆用一块块展板介绍了小松镇开展"双带双创＋"的情况："双带双创＋党群共建""双带双创＋清风伴行""双带双创＋人居环境整治""双带双创＋农村宅基地制度改革""双带双创＋文旅融合"……

"双带双创"犹如春风，吹拂这片大地，结出累累硕果。这些年，小松镇被评为中国生态魅力镇、全国最美康养小镇、全国首批运动休闲特色小镇、省级乡村振兴特色小镇。2020年获评国家农村产业融合发展示范区、福建省文明乡镇、省级卫生乡镇。

从1996年至今的27年间，"双带双创"如同一粒种子,根植于小松大地,开花结果。一块块闪亮的牌子说明,"双带双创"理念正慢慢地深入当地干部群众的脑中,同时它又是一种文化,内化于心,外化于行,正逐渐成为当地的文化品牌。

紧接着,我们又去了离展示馆不远的晨曦种业有限公司。车在种植大棚前停下,一位帅小伙子迎了上来。他是这家公司的创办人。

"你是哪里人?"我问道。

"本地人。"小伙答。

我看着大棚里种植的一列又一列结着十分可爱的小西红柿的果苗,不由问道:"你是学什么专业的?"小伙的答复令我有些意外:"我是学体育的。"

这界也跨得太大了吧?我好奇地瞧向小伙。小伙似乎看出我的疑问,解释说,大学毕业后,他和几个朋友到北京做起了蔬菜生意,在这个过程中,他们发现许多农民对市场把握不准,市场信息不灵,品种把关不好,影响了蔬菜的品质。

家乡的"双带双创+产业兴旺"政策深深吸引了他,于是,他回乡创业,一手抓种子培育,一手抓产品销售,抓住两头,带动中间。他流转了700多亩土地,依托现代智能温室大棚,集蔬菜科研、育苗、展示、休闲观光和高效精致农业于一体，普及推广农业新品种、新设备和新技术。

在他的蔬菜大棚里，挂着一份简介：朱海生，男，博士。朱海生是省农业科学研究院作物研究所副所长，曾经在建瓯担任科技副市长。小伙说，"党建＋科技特派员＋三农"是他们的优势，科技特派员深入他们企业加以指导，解决了科技力量不足的后顾之忧。

南平，是科技特派员的发源地，2002年，时任福建省省长的习近平同志到南平调研，对南平科技特派员的创新做法给予了充分肯定。2019年，习近平总书记对科技特派员制度推行20周年又作出了重要指示。

眼前这位小伙子充满自信，洋溢着年轻人的朝气与活力。"对回到乡村办好农业企业有信心吗？"小伙很自信地回答："有。有乡村振兴的好机遇，农村是年轻人施展才华的广阔天地，田园是实现梦想的舞台。"他接着说，同样是农业，也有传统与现代之区别。农业必须从传统农业中走出来，向现代农业走去，农民在这个转型过程中，需要有人引导，科技特派员就发挥了不可替代的作用。

不远处，是省农科院闽北分院。远远望去，大棚一个挨着一个，沿坡而建。当地的同志告诉我，闽北分院主要负责对桃、李、葡萄、柑橘等四种水果的研究，致力于改善水果的品种,提高品种的竞争力。

如今正是桃花盛开的季节,小松溪畔,桃花正笑着春风,绿野更是盎然。科技吹绿了一方水土,科技富裕了一方百姓。

我们去的最后一个村落是湖头村。村中的古建筑既巧妙地融合了苏、徽、晋三大建筑派系的韵味,又保留有闽派最古朴的风格。青砖白墙黛瓦,小桥流水潺潺,一幢幢整齐的砖房错落有致,一排排挺拔的古树摇曳生姿,呈现出一派古色古香的韵味。

在湖头村部,我见到了省文旅厅下派到村里当第一书记的吕老师。他是福建省艺术学院艺术系的主任、教授,一年前来到湖头。"来这里,收获如何?"吕老师笑答:"收获很大的,来这里,在为新农村建设服务的同时,这里的山水清气、自然之美也陶冶了我。"

镇党委书记告诉我,吕老师来了一年多,紧紧抓住湖头特色,以艺术文化推动乡村振兴。目前,小松镇已经与福州大学厦门工艺美术学院、福建省青年美术家协会、安徽省宣城美术家协会等6家院校和地方美协签署了《共建写生基地战略合作框架协议》,一批又一批艺术家走进了湖头。

吕老师说,作为一名下派第一书记,就是要做好"双带双创＋文旅融合"这篇文章,把乡村优势与自己的优势结合起来,把乡村打造成乡村人宜居的家园,城里人喜欢的乐园。

乡村振兴,下派第一书记是一支重要力量。吕老师说,他不是孤军奋战,而是拥有一座靠山,这座靠山就是派出的单位。有什么困难,他们帮助解决;需要什么人才,他们帮助协调。派出单位以各种方式支持着他的乡村振兴计划,让村支书与村民们一起,共同描绘新农村的画卷,谱写乡村振兴的新乐章。

小松,春风入怀,满眼春色。

岁月拾零

生活，赋予生命存在的意义

清晨，端坐在案前，脑子里突然冒出了一个问题——什么是生活？我有些莫名惶恐：活了几十年，一时却答不上来这个问题。

从字面上去理解，生活之"生"，应当指的是生命；生活之"活"，说的是活着。有了生命才能拥有生活，生活是以生命活着为前提的，生命逝去，生活也就结束了。生活是个过程，启于生命的问世，终于生命的离世。

一个人无论如何生活，前提是得让生命活着。要让生命有意义，首先要让生活有意义。

当一个人尚不能自食其力时，他的生命活着是依赖抚养他的那个人，通常是他的父母。他的生活质量、生活方式取决于他的父母所拥有的财富、观念以及给予孩子的教育方式。等一个人长大了，走向社会了，如何生活，则取决于他自身的财富、素质与观念，取决于他的思维方式和行为方式。

多少钱能够养活自己？这是人们经常问的一个问题，但又有谁能够回答这个问题？贫困者一个月几百上千便可让生命存在，富裕者每月数以万计的支出也可能仍觉得生活窘迫——活着的张力就是这样大。苦养是养，富养也是养，更何况，古人曾经说过，劳其心志，饿其体肤。苦难可以励志，而纵逸又容易让人任性。钱不是衡量生活质量的尺度，钱多或许是灾难的祸根，食饱思淫逸是也。

民以食为天，养身谷为宝。饮食维系生命，保证生命活着。可同是一餐饭，有的人为的是填饱肚子，三下五去二，几分钟吃饱继续干活；有的人细嚼慢咽，细品慢吞，在饮食中享受生活的惬意。

能吃会拉，上下通畅，生命才能很好地活着。有的人虽有钱，但并不能保证其很好地活着，伴随其身的糖尿病、高血压等疾病，让饮食的禁忌接踵而来。有人感叹口福少了，钱已经不是用来享受美食，而是用来买各种药品。所以有人说，身体健康最重要，把身体拼坏了，享受的资本也就没了。

活着的不只有躯体，还有精神。精神让人立在世上，避免苟且偷生。人是会思考的动物，因思考而产生思想，因思想而产生差距。活着需要修养，修养的最好方式便是学习，向书本学、向实践学、向前辈学，不仅善学有字书，更要善读无字书。人生有如雕刻，每个人都在以不同的方式雕刻自己。从哪里入手、在何处下刀，全靠自己用心谋划。雕刻需要选好器、利其技，入刀迟钝，终不能刻出好东西。这器，便是你的技能；这技，不仅能助你活着，而且能助你活出华彩。

活着产生思想，孕育精神。就生命与精神的长度来说，精神长于人的生命，否则，不会有精神永存这么一说。人不会因为生命的逝去而终结一切，他的精神会以文字或是口耳相传来延续。

让生命活着，不是随心所欲，任情恣意。大千世界，人是独立的却又不是孤立的，为了大家都能更好地生活，社会需要规则用以维护秩序，保护平安的环境。这些规则成了一条条不可逾越的底线，触碰了底线便要承当一定的后果。

得意时可以尽欢，但不可忘形；失意时可以伤悲，但不可言弃。人可以玩物，但不可丧志……可与不可之间，在于一个度字，谁能把握好这个度，谁就能在人生舞台上长袖善舞，舞出生命存在的精彩。

有一位孩子调皮，将头发染成金色的，打着架子鼓，他的父亲时常因此教训孩子。孩子说:"我知道什么年龄该做什么事。"后来孩子长大了,在金融部门工作,西装革履。不同年龄有不同年龄的快乐,也有不同年龄的天性。

经常听到有些孩子与父母抱怨:"我已经长大了,自己的事情可以自己做主!"这句话没有错,可以做主,应当做主。但是,当你做主时,就要把责任、义务承担起来,这就叫作担当。只想做主,却不想履行义务承担责任,一旦遇到问题,拍拍屁股走人,留下一堆烂摊子让父母收拾,这能说自己的生活自己做主吗?

生活有高雅与庸俗之分吗?我以为没有。一个喜爱书法的人与一个平时喜欢打 80 分的人,其实是一样的。你用书法打发你的时光,他用打牌度过他的闲暇,都是为了让自己的生活愉快,身心愉悦。所以我认为,在法律和社会公序良俗范围内,人完全可以怎么快乐就怎么生活,身心怎么愉悦就怎么生活。

人之高尚与贫富并不关联。富裕者未必高尚,贫穷者也未必低俗。况且,贫穷与富裕并非一成不变,今日的贫困者也许就是明日的富裕者,今日的富裕者也有可能一夜之间成了贫困者。精神的贫富也与物质的薄丰无甚关联,有的人物质富有,却精神贫瘠;有的人精神富有,却物质匮乏。

　　生活没有定式，有的人喜山，有的人乐水；有的人喜静，有的人爱闹。性格不同、兴趣不同，生活习性也不相同。生活应当是包容的、宽松的、自在的，如果把生命比作一朵花，人的一生有含苞待放、有绽放，也有凋谢。活着就当如含苞时呵护、绽放时纵情、凋零时优雅地离去。不论何人，来世上走一遭，停留的时间只是历史长河中的一段，我们要做的，就是在这段好好活着，让生命活得有意义。

一年又一年……

又是一年。在这新旧年交替的时候,心中百感交集。孩童们喜悦:过年了,长大了。上了年纪的人,透着淡淡忧愁:岁月催人老啊!

年是什么?是岁月的记载,是一个轮回、一个周期,年份的叠加,明晰了每个人的起点与终点。有了年份,让往事变得可溯,让历史变得清晰,世间的任何事情都非常清晰明确地固定在一个点上。

岁月周而复始,去年与今年、今年与明年,月份是相同的,季节是相同的,节气是相同的。老祖宗的智慧让我感动,几千年前,就有了年份一说,把岁月划分得如此精准,为了精准调节,还创造出了闰月、闰年这些方式。周而复始,不是简单复制、不是翻版。年年不同、岁岁不同,大自然酿造出一年的气象,或风调雨顺,或灾害频发,气象万千,每个人就是在这周而复始的岁月顺应自然,在万千气象中生活着。年岁、年岁,岁以年定,岁随年长。

年末,每个人都会不由自主地去盘点和回望经过的一年。盘点与回望,心生酸甜苦辣。岁月的味道,是经年累月调制而成的,每个人都希望它是甜的,而且是纯纯的甜味。

岁首,每个人都会纵情展开想象的翅膀。年初,使用频率最高的一个字,一定是"福"字,听到最多的一个字,也一定是"福"音。"福"是期盼,是梦想,也是追求。新年伊始,携福启程,与福相伴,诸事顺遂。又是一年,梦想多么美好,我想这也是周而复始的好处。在这个时候,人们可以放下或抛弃往年的一切不如意,把所有的希望倾注在新一年。每个年初,都是新的起点,都会让人心生"时来运转"的期许。

一年又一年,岁月周而复始,我们在岁月中生活、成长,在这岁月中享受时光所带来的一切。

一年又一年,今年好,明年会更好。

稳

人总是这样，求稳而又不甘稳。一个"稳"字，实在是知易行难。

稳既是一种目的，也是一种方法。行稳致远是目的，而各种促稳行稳的措施举措则是方法。对一个人来说，人生路要走得平稳，依法行事办事至为重要。

人有求进、求新的心理，讲稳，是"进"中讲稳；求稳，是"新"中求稳。稳不是僵化、不是固化，不是因循守旧、墨守成规、一成不变、不思进取。闽南有句歌词"爱拼才会赢"，图稳不拼、求稳不搏，就不会获得赢的愉悦，就无法享受赢的畅快。然无论如何求新、求进，都应当强根固本、铭记初心、保持定力。

最近，学开车，车在直线上行驶，为了把车开稳，我总是把方向盘握得紧紧的。师傅说，稳，不是一动不动，而是要微微摆动方向盘，要善于调适、观察，随时应对路况的变化。他还说，事故往往容易发生在认为是最稳处。以为最稳，麻痹大意，失去防范。曾经见过一起车祸，清晨笔直的大道上，一辆货车撞上了马路中央十字路口的岗亭。为什么呢？一夜劳顿，正是疲劳时，看见这大道，睡意顿生。时常也听人叹息道：怎么会在这里出事故呢？总觉得不可思议。风平浪静时，也许正是风浪兴起时。

为稳而稳，可能不稳；为进而进，可能不进。稳是进中的稳，进是稳中的进。稳中有进，人会有活力，会有动力，会充满生机与活力，会有成就感。进中有稳，人会有安全感、安定感。

人们常说，越怕越乱，怕什么来什么。过于求稳，其结果是失去了治乱的最佳时机。还有句成语，当断不断，反受其乱。意思是要在合适的时机做合适的事。我理解的稳，是要随时发现事物发展过程中可能产生的苗头性问题，及时提出防范措施，做到未雨绸缪；当问题发生时，对问题的性质要给予科学判断，做出回应，"前怕狼后怕虎"带来的结果不是稳而是乱。致稳，不只是一种意识，也是一种能力。人当有自检力、自省力、自律力，古人云"三思而后行"，是致稳的良策。

从书法上看，楷、行、草各有稳法，楷书要求字字要稳,而草书从细处上看,从单个字看,不稳,但整体上看,却展示出另一种的稳态。这说明,稳有各自规律。人在稳字上,既要如楷书一般绵密,也要如草书,在灵动中求得整体稳。

一个"稳"字,充满辩证,琢磨之,味隽远。

人生乐章

每个人都是一个音乐家，每时每刻都在谱写自己的人生乐章，留在这个世界上的其实也就是一部乐章。不同的是，有的乐章可以经久不衰、经久传唱；有的乐章，人走了，曲也就终了了。有的人，可能把这乐章谱得激越高亢，有的人可能谱得舒缓轻曼，有的人或二者兼有之。有的人写出的乐章，可能在某个音节上旋律不是那么优美，甚至不是那么和谐，但是，就整部音乐来说，它还是一部好音乐；但是，确有些人，在人生终了时，让人听了，成为足以让人吸取教训的悲歌。

"人生没有彩排，天天都在直播。"人生的这部乐章，每天都在谱写，而且写下了，没有办法涂抹，只有可能在往后的日子里修正。人生的这部乐章，记录了你的言和行，反映了你的喜与乐、苦与悲、拼搏与奋进。人生这首歌也如同贝多芬交响曲一样分为好几个乐章：儿童乐章，这算是序曲，父母帮助过门，渐渐地，变成了和唱，再之后，由自己吟唱。少年乐章，这算是第一章，少年是求学求知的重要阶段，是世界观、人生观、价值观形成的重要阶段，也是意志力形成的重要阶段。青年乐章，这一乐章，青年胸怀理想，满怀抱负，走向社会，成家立业，这一阶段，唱好青春之歌，谱出青春特点，唱出青春辉煌。成人乐章，往往比较深沉，这种深沉来源于上有老下有小。虽然深沉，但也欢乐。人生的最后乐章，应当是老年乐章，这个乐章，因为带着一个老字，好像属于谢幕的乐章。有的人发出了"夕阳无限好，只是近黄昏"的感叹，而我更崇尚"夕阳无限好，何须惆怅近黄昏"的那种乐观心境，老来不言老，用乐观心境谱写老年乐章。

　　人生的乐章，由自己谱写。如同这世界上没有相同的一个指纹、没有相同的一张脸一样，每个人谱写出的人生乐章可能会有惊人的相似，但是却不会相同。人们在谱写自己的人生乐章上，可以模仿，可以借鉴，因为，我们每个人都是看着、听着别人的人生乐章而成长的，都是踏着别人的脚印前行的。将别人的优美动听的乐章采撷于自己的人生乐章之中，谱写人生乐章，也要善于采风，懂得取舍。

待 在 家 里

这个春节,过得很特别。人被困在了家里,城市特别冷清,公园等公共场所大门紧闭,所有为春节所做的准备,为春节增添欢乐的活动都止住了脚步。一座城,成了"空"城:往日里堵塞的道路,显得格外通畅,几辆轿车从身边呼啸驶过,偶尔可见的行人也戴着口罩,步履匆匆。夜,走在马路上,华灯亮着,成排成列的灯笼亮着,少了赏灯人的街道有些孤寂。

这个春节,新冠肺炎病毒突如其来,人们不得不减少外出,待在了家里。

我的一位同事,原本计划利用假日,带着父母、岳父母、老婆孩子到省外走走,因为疫情,计划取消了,理由很简单,没有什么比生命更重要的。

人们选择了待在家里,虽然有些无奈,但也是自觉。

可是待在家,寂寞吗?我通过手机,与许多朋友联络,了解他们的"待法"。

许多朋友告诉我,人在家中,心却惦着疫情、想着一线抗击疫情的医护工作者。他们通过手机,了解疫情的变化,了解确诊的病例,了解党和国家对抗击疫情作出的部署,感受到了党中央的坚强领导和必胜信心,感受到全国人民万众一心的必胜信念,感受到社会充盈着满满的正能量。

人待在家里,心却总想着为抗击疫情做些什么。歌曲《有你身影》的创作,就是在家中完成的。七旬老人林鸿坦在家中激情创作歌词,作曲家李式耀在家中谱写曲子,这是一次爱的接力,激情涌动的创作。在短短的几天时间里,福建的音乐人先后创作了《永恒的家园》《挺身而出》。我待在家里,时常可以收到书画家们发来的书画作品,这些作品,大多以抗击疫情为主题,给人以美的享受。"疫情面前保护好照顾好自己,多多保重""一切终会过去,静候春暖花开",朋友在网络上交流各种抗击疫情的办法,相互勉励着。一条条微信,消除了待在家中的空虚感,给了人们心灵的抚慰。

疫情关不住亲情。人虽然待在家里,父母兄弟、亲朋好友虽没有了往年那样的相聚,但是,彼此间有着短信问候、微信交流，人虽不相见，温情却流淌。一位海外学子给她的父亲发来微信，提醒他要戴口罩，当她知道父亲出门没戴口罩时，批评说："太无知了！"这话，有些辛辣，却是女儿满满的爱。

一家子人待在家里，也有另一番的乐趣。看完春节联欢晚会，有的就开起了家庭联欢会。一家几口在一起，就是那些不住在一起的亲人，也通过视频加入，又唱又跳，水平谈不上，要的就是其乐融融的氛围。

待在家中，虽是无奈，但有书相伴也是乐趣。静静坐在案前，翻阅书本，思绪随书的情节跳跃，随作者的思路而行。书，给了我一道道精神大餐，这大餐，好味道。

麻友、棋友、牌友虽不能相聚，看不到赢输间的丰富表情，听不到那种埋怨、争吵声，但网上一样可以呼朋唤友，一样可以酣战一番。朋友告诉我，一个春节，找网友下棋好找多了，大家都有时间，静静地下着棋，享受时光。

……

今年的春节，我们似乎在虚拟中过生活，网络让处在疫情中的春节丰富充实。

手机响了，外卖小哥来了，他送来了网上订购的食品。每个清晨，我都是在"沙沙"的扫地声中醒来的——

我们待在家里，但仍在一线工作的人还有许多：公安干警、外卖员、保洁人员……他们忙碌着，为了公共安全，为了社会安定，为了你我的健康。

我为一线医护人员感动、为疫情中勤奋工作的人感动，同时，我也为待在家里的人感动，这是在突发公共事件面前，人们体现出的公民素养。在家待着，减少病毒传播，降低感染风险；在家待着，就是对在一线奋战的人员最大的尊重与支持。

家里待着。

别样庚子元宵夜

元夕华灯少,皆因新冠扰。
待到明年时,灯耀邀君赏。
——元宵日题

一年一度元宵节。

夜深了,静静地走在大街上,两旁行道树上悬挂的花灯在微风中轻轻摇晃,鞭炮声不时噼里啪啦地传来,时近时远;仰望天际,天空绽放着五彩缤纷的烟花,这声音和烟花,更增添了这个夜晚的寂静。

特意去了三坊七巷的南后街,那儿设了一道防疫关卡,不允许无关人员进入。站在栏栅前往街的深处望去,街空荡荡的,灯光也是朦胧暗淡的。这个夜晚,本该是

"满城箫鼓沸春风,爆竹声喧凤蜡融。三十万家齐上彩,一时灯影照天红","火树银花耀眼明,后街风月乐难胜。游人如沸春如潮,但看元宵初八灯"。可是,今年的元宵节少了明代诗人徐𤊹和现代诗人郑丽生笔下描绘的那番景色。

"吾闽灯市天下无,千灯万灯燃通衢",这是清代诗人刘家谋《榕城观灯词》中写到的,一个"天下无"可想见福州的元宵花灯在全国的影响力,也可见福州人对这个节日的重视。元宵这个节日,特点在一个"闹"字。我仔细回顾了一下,一个季节可以与闹搭配的是春季,能够与"闹"字搭配的节日也就是元宵了。春天可以闹、元宵可以闹,元宵是春的开始,在闹中告别严寒,呼唤春的到来,在闹中,唤醒冬眠的动物,唤醒万物复苏。一年之计在于春,闹完了,乐够了,干活去。这个闹就是热闹,热热闹闹,热闹了才喜庆,才能表达人们对新一年的期盼。对福州的元宵胜景,自宋代始,诗人就多有吟咏。

宋代诗人王子献曾有诗句:"春灯绝胜百花芳,元夕纷华盛福唐。银烛烧空排丽景,鳌山耸处现祥光。管弦喧夜千秋岁,罗绮填街百和香。欲识使君行乐意,姑循前哲事祈禳。"春灯绝胜、银烛烧空、管弦喧夜、罗绮填街,好一幅元宵胜景。宋代的另一位诗人范椁的《元夕》:

"危楼向暮倚层空，故岁今年不得同。记取合沙元夕节，满街箫鼓雨兼风。"读来觉得，即便是在风中雨，即便"故岁今年不得同"，但人们对闹元宵的热情依然不减。

明代诗人徐𤊹曾咏《闽中元夕曲》十八首。读过其中八首，我再一次感受到了福州闹元宵的那番热闹，"家家同结过街棚，夹路花灯列火城。来往香车浑似昼，不知身在月中行"，闹元宵的宏大壮观场面尽收眼底。"珠玑高喷火龙红，满架银花一线通。忽到半空闻霹雳，灞陵桥断紫烟中"，可感受到烟花高喷的绚烂与刺激。

清时诗人杨庆琛的《榕城元夕竹枝词》"天赐麟儿绘彩缯，新娘房子霞光增。宵深欲把金钗卸，又报娘家来送灯"，描述了福州的风俗习惯，添灯如添丁，蕴含着早生贵子之意。

若问赏灯何处去？三坊七巷南后街。诗人沈轶刘《榕城竹枝四首之一》："中亭列炬耀如绳，桥北桥南最不胜。犹是春江花月夜，十年梦断后街灯。"从诗中可以看出，南后街是古时福州赏灯佳处。清代黄春皞有一首《后街灯市》："擘楮堆红斗巧纷，银花炎树簇如云。钟山月色杨桥水，点缀春光到十分。"足可见当时南后街元宵节的热闹。福州的南后街，给我留下的印象极为深刻。春节前，满街是红红的灯笼和对联。到那儿购得一对灯笼，挑上一副对联，挂在凉台，贴于门前，增添了家居的喜色。元宵节前，携着孩子，在灯影中穿行，赏各色花灯，再带上一盏小桔灯，那是冰心先生笔下的小桔灯，孩子拎在手中，笑语一串。 2012年前，南后街一直都是福州人赏灯的地方。随着城市的不断发展，元宵灯会先是移到闽江边上的江滨大道，看闽江两岸灯火，后来，为了方便百姓赏灯，灯会又办到了公园里、办到百姓的家门口。我的家就住在温泉公园附近，每年元宵，进公园赏灯，再拍些胜景发到网上，邀好友共赏，这元宵夜真就热热闹闹了。

在福州，还有一个很有影响力的元宵灯会——两马闹元宵。这个灯会，马尾与对岸的马祖一起举办，已经有十多年的历史了。每到此夜，马尾的灯火、马祖的灯火交相璀璨，灯无言，灯有语，灯火也最知人愿，最表人愿，每盏灯火都寄寓着人们的心愿：两岸一家亲，两岸早统一。

其实，这座城市很早就在为庚子元宵准备着。刚刚跨过2020年，我在公园散步时，制灯师傅就在公园的一隅开始制作花灯了，各式各样的灯摆放在路上，有的已经开始安装。公园里，已经有着浓浓的春节喜庆味，浓浓的元宵味，人们都很期待又一年的元宵灯会。有的人早早做了打算，说要带着父母游闽江，看看闽江上的灯光秀，看看闽江两岸的花灯。

但一场猝不及防的疫情汹汹袭来,春节、元宵所有的聚集活动都停止了……

一年一度的元宵晚会,临时改成了抗击疫情的特别晚会。晚会有些凝重,少了元宵晚会的那种热闹、那种欢乐,更多的是人们在党中央的领导下众志成城、万众一心的坚定与豪迈,一方有难、八方支援的深厚情谊。这场晚会充满正能量,富有感召力;这场晚会,没有观众,不是不想要观众,而是为了减少可能导致的病毒传播。

一边看晚会,一边看着朋友发来的微信。从他发来的图片中我看到,我生活的这座城市闽江边的地标性建筑点亮了"武汉加油、中国加油"的霓虹灯。我的眼眶湿润了:今夜,万家灯火,全中国的灯,都为武汉点亮!这灯,是这座城市今晚最能表达福州百姓心愿的灯。今夜的灯火依旧灿烂,它灿烂在人们的心里,它点亮了人们的心灯,心灯亮了,会照亮希望与爱。

灯耀元宵祈福世,月明中华团圆时。我的一位朋友给我发来了他创作的《元宵》:"魔鬼纠缠人恐厌,军民抗击志弥坚。阖家望日共祈愿,春暖花开万事圆。"这样的诗歌,这夜,我读了很多很多。诗为心声,诗言情、诗表意,就如我们品读古人诗歌,感受到千年前福州元宵的繁华胜景一般,很久很久以后,后人们也可以从这些诗歌中去感受福州曾经的别样元宵节。这样的元宵夜并不是我们想要的，但是，它来了，来得让人始料未及，猝不及防，我们必须应对，我们必须战胜。

灯明月圆，月圆人团圆。我的心底，还是渴望有个热热闹闹、红红火火的元宵节；我还是喜欢穿行在熙熙攘攘的观灯人群中，虽然拥挤，但要的就是那种氛围，看的就是那种场面，那才是元宵的味！今年的元宵夜，过得别样，也许是历史上第一次因病毒肆虐而让人无法观灯赏灯的元宵夜。我在心中默默祈祷：但愿别样庚子元宵夜只此一回。

想到明年，灯耀邀君赏。

度

人生最需要但却最难把握的是一个"度"字。有人说,思路决定成败,也有人说细节决定成败,我以为,度的把握是否精准到位是决定成败的因素之一。适度、适度,适在前,度在后,度要合适。做到适度,自古以来就是个难题,无论儒家、还是道家、或是其他各家,都有论述。做到适度,说易行难,难在不可度量,没有明确标准;还难在适度是力度、广度、深度、硬度、强度、韧度、精度、温度、高度、风度、合度、法度等诸方面的因素综合作用而形成的。有时,位准了,力不到位;有时,广度有了,却不够深,都会影响到度的效果。

在我们的传统文化中,很重视度的把握。孔孟提倡"中庸之道",倡导不偏不倚、折中调和的处世态度;老子在《道德经》中,有"不如守中"一词。在对度的调适中，既重视矫枉，更注意防止过正。

度的把握，是立体的，不是平面的；是多因素的，不是单一的。天时地利人和，是成功的三要素，既要把握天时，又要把握地利、人和，三者既要适度，又要有机融合，形成整体，不论哪一个出现了短板，都会影响到三者的匹配度，从而影响效益的发挥。

"当断则断"，理解这个成语，难在把握"当断"的程度。优柔寡断会失去时机，草率决断可能盲目冒进，断要断在关键处、断在危急处、断在紧要时、断在迷茫时。当断，需要的是智慧，是判断力。一个正确的决断，可以向着正确的方向前进，从而转危为安；一个正确的决断，可以在乱局中开出新局。

刚柔相济也是一个度，难在相济。刚与柔，没有绝对的，刚者易碎，柔者易弱。然水至柔则也至刚，至柔的水只要持之以恒，也可以滴水穿石；将水汇聚，也有雷霆万钧之力。都说良药苦口利于病，但它毕竟苦口，因此，制药者给药丸穿上了外衣，既能疗病，又少了苦口之感，两全其美。有人抱着良药苦口利于病的观念，批评人不讲方式、不讲方法，最终适得其反，达不到教育人的效果。方式方法也是个度，恰到好处了，才能心悦诚服，达到效果。

成语"趋利避害",其实也是个度的问题。因为要做到趋利避害,必须弄清哪些是利、哪些是害。而这些并不是用刀能够一割了之的问题,而是呈你中有我、我中有你的态势,需要我们如雕工一样,精心地剔除利中的害,保留害中的利,既要使利放大,还要化害为利,要防止将害视为利,最终在利的体内蔓延,使利转害。

在我们的语言中,有许多双音节词,其中有一些正反义词搭配在一起的。比如,舍得、取舍、往来、冷暖、甘苦、奖惩……以舍得、取舍为例,它们既告诉人们,得是以舍为前提的,舍是以取为前提的;又告诉人们,舍是以得为基础的舍,取是以舍为基础的取,二者是互动的、双向的,人们需要把握好二者之间的度。

情与法的把握,也是对度的把握。法要有刚性,否则,法就会失去威严,然而法又不是冰冷的,法需要融情,让法有温度,让情与法相得益彰。

有温度者热忱,有温度者温暖。人有情感,不能冷漠。温度,从心发出,见之于行。尽管有人如保温瓶似的,外表看似冷漠,实则热情,不善言表,不懂得说"好听话";也有些人,看似热情,实则冰冷,内冷外热。人要有温度,关键在心,贵在有爱。有温度的人有爱心,有大爱心的人有大温度。我将无我,肯用燃烧自我焕发出的爱，这爱的温度、给人的温暖可以想象。人要有热忱，这种热忱，发自于心。

　　为人讲风度，处事要合度，言行守法度。风度是在教育中、在日常的生活中逐渐涵养而成的，由内在气质的外在表现；合度是人们约定俗成的社会良俗和传统；法度，以法为度，以法为准绳，是非对错，法是评判衡量的一把尺子。风度、合度、法度，三者相辅相成，法度失合度失，合度失风度失。强词夺理、毫不讲理，既不合度，也失风度。

　　度是动态的、变化的，对度的把握也是动态的，是与时俱进的、因地制宜的。但是，中国还有一句话，叫作"万变不离其宗"，不管如何调适，不能改变的是一个人的初心、一个做人的本色，一个心中的爱心、一个建立在初心之上的梦想，这是调适度的"准星"。

在楼顶看日出

清晨，天色微明，从窗台望天际，东边那片斑斓绚丽激起我登上楼顶欣赏的欲望。

透过城市的幢幢楼宇，远眺东边的山。山与天相连，山厚重、山黛墨，山之上的那片天，恰似浓妆艳抹的女子，又如一个画家，要将这片云霞画得浓烈、画得奔放、画得热情、画得细腻。赤、橙、黄、绿、青、蓝、紫，这片天际，已经不止于这七色，而是这七色调剂出的万千色彩。望着这片斑斓，我想，大自然是最好的调色师，巧夺天工，阳光调色。

这样的天色，是太阳为将跃出的自己营造的一种氛围，"千呼万唤始出来"，这片霞晖，让我对日出有了更多的期待。山与天之间那片最浓烈的色彩，似一团火在燃烧，火团渐渐化开，就是在这最耀眼之处，先是一点，再是一道小小的弧圈，再就露出了半张脸，不一会儿，整个太阳就跃出了山，完整地挂在天边。可奇怪的是，随着太阳的渐渐升高，斑斓的天际也慢慢地淡去，阳光映照着这座城市。

晨霞的美丽，留在我的心间，第二天的清晨，我又一次登上楼顶，想再一次领略昨日见到的霞光美景。今晨的东边，完全没了昨日清晨的那种浓烈，那种奔放，有的只是天际的一片湛蓝，连云彩也不见几朵，天色空灵，有如一位不施粉黛素颜的美女子。这美，别一番的韵味。只是这美，与昨晨的美，格调迥异。

在这宁静之中，太阳也悄悄地爬了上来，一张圆圆的脸镶嵌在山与天之间，金黄金黄的，这天的日出，出得素雅、出得安静、出得低调。

第三日的清晨，怀着一种好奇，又登上了楼顶，想看看当日的天际是何种景色。天际，斑斓绚烂，它的色彩，更多的是大色块的表现，少了一些细腻，却也更多了一些雄浑，多了一分豪放，宛若画家笔下的青绿山水。每一块色彩间，都缠绕着金边，那是躲在山后边的太阳绽放出的金光。

这日见到的日出，不是从山边磅礴而出，而是穿梭在这大片大片的云霞之中，时而露出半张脸，又很快害羞似的躲进了云霞之中；时而在云霞与云霞的间隙中，犹抱琵琶半遮面，让人有一种欲见不能的期待。

就是在这样的期待中，太阳从一片厚厚的云层中磅礴而出。我感觉，这日的太阳，不是从山边升起，而是从云层跳出。

这三天，在欣赏日出美景之时，我也思考这大自然之美，相同但绝不雷同。日出，日复一日，周而复始，但是，就在这日复一日中，也表现出了苟日新、日日新。即使你站在同一地点，它都会给你呈现别一番的景致。

大自然尚且如此，人呢？也在日复一日地生活着，能否如我眼前所见的景致一般，每天，呈现在你面前的日子，都有着别一番的韵味，都给人一种新鲜感。

日复一日，今日不是昨日的翻版，明日也不是今日的复制。

把日子过出新意，让日子过得出彩。

说"悬念"

喜欢看电视剧，尤其喜欢前半部分，剧情铺陈、扑朔迷离，心总是悬着，总有探个究竟的欲望。剧将结束时，谜团渐渐明了，悬念没有了，观剧的兴趣也渐渐淡了。

悬念，简单地说，就是一件事还没有个结果，真相还不得而知，给人留下许多遐想，给人朦朦胧胧，似乎看清又看不清、明白又不明白的感觉。白居易留下的"犹抱琵琶半遮面"是一种悬念、"千呼万唤始出来"是一种悬念，人们在尽情想象的同时，也体会到这诗词中的羞涩之美。在相声中，悬念就是包袱，包袱一个接一个，给人新奇，引人发笑，让人觉得既出乎意料，又觉得本该如此。我看电视剧，喜欢充满悬念的，思路随着剧情走，边看边设想剧情走势，印证自己的想象与导演是否吻合。

悬念是一种力、一个结，多少人为之吸引，又有多少人总想解开这个结。

悬念扑朔迷离,可以纵情展开想象的翅膀。

走过许多山,看过几多溪。山有云雾而柔,山因峭壁而险;溪有曲奇和缓而秀,溪因急湍飞瀑而雄。无论是柔、是险、是秀、是雄,营造出悬念。听闻这山这景有多美多美、有多奇多奇,我就想去探个究竟,看看是不是这样的美、这样的奇。郭沫若曾写"武夷山水甲天下",有人就会问,不是"桂林山水甲天下"吗?于是便想去探个究竟。

日出与日落,是一日中最美的两个时段。之所以美,是因为变幻莫测、风韵万端。可以这样说,虽然年复一年、日复一日,但没有一天的日出雷同,没有一天的落日可以复制,更何况,当你踏上观日出的路途时,还不知抵达时是浓云遮挡还是霞光映天,这种渴望的状态也很享受。

曾经看过一幅漫画。在一个公共长廊上,挂着蒙娜丽莎的油画,设计者用一顶斗笠将画的头部以下部分遮挡。于是,有人便被撩起了一探究竟的欲望,想看清这幅油画的全部,只是揭起斗笠后的神情,不过是淡淡一笑。

悬念,人们总想解开,但是,到了真正解开,真相揭晓时,心里反而会有一种遗憾。悬念,可以让人心底保持一种美感。"蓦然回首,那人却在灯火阑珊处"是一种美,美在它的朦胧,美在它的若明若暗,让人觉得,这种状态,更丰富,更有味,更具想象力。

维纳斯塑像,曾经让多少艺术家展开想象的空间想为它续上断臂,可是,无论做了多少尝试,总觉得不如断臂来得美。人们意识到,残缺也是一种美。保持这种残缺,其实是保留一种想象,想象着维纳斯断臂前的那种模样。

人生的道路充满悬念。这种悬念,让我们遐想、让我们准备、让我们期待,生活也会因此而丰富、而多彩。

大自然有悬念。这种悬念,让人们对大自然充满好奇、充满向往。科学有悬念。科学技术领域有太多的未解之谜等待人们去解开。文学中有悬念。文学源于生活又高于生活,在"源"与"高"之间,创作者制造出一个又一个悬念,给人一种既合乎逻辑又超乎想象的观感。

在商业中,悬念是营销手段,它可以保持品牌的新鲜度、关注度和知名度,同时,影响了品牌的成熟度与顾客的黏合度。商家知道,制造悬念的目的,在于抓住顾客的心,拥有顾客这位上帝。

至简则至难

有的人喜欢至简，崇尚至简，以为凡事其实就是那么简单，大可不必看得太复杂了，生活就那么简单，大可不必追求豪华奢侈。刚开始时，我也是这么个想法，认为许多事其实就那么简单，是我们自己把它看复杂了。后来，仔细琢磨，至简实则至难。

至简是渐悟而出的哲理。人生之路是一条怀着梦想采撷之路，是一个不断丰富自我的过程。刚开始总是信心满满、豪情满怀，有着多多益善的愿望；而这时候往往缺乏人生经验，又总把人际关系想得复杂了。简与繁相较而存在。经过了繁的人，充分知晓麻烦琐碎的时候，才会去慢慢领悟简、思考简，才愿意接受简。就中国传统文化来说，繁与热闹喧嚣相一派，简属安静冷清一类；繁显豪华气派，简显淡泊朴素。由繁到简，由复杂而简单，是在生活中渐渐地生出的一种状态，是对问题处理的一种方式。

至简是一种功力。简是一种美。一种简约之美，寥寥数笔能够让满纸生辉。曾有一位书家写兰，一张宣纸上只有一两片兰叶，可人们看了，却仿佛能闻到满纸兰香，看到兰花娇滴，叶含晨露。不可不叹服画家的水平。删繁就简，至简，是通过删繁而达到的，把那些多余的删去，留下的是必需的，"删一分太多，留一分太少"，简要恰如其分。在人际关系处理中，也是如此。除去繁文缛节，其实人际关系也是可以简单处理的。

至简是一种设计思路。便捷简单的生活方式也是一种简。以往买张火车票都要到火车站排队，现在只要上网轻轻一点，就可购得票，届时，持身份证就可以进站；网购件东西，经常半个小时就可送到家；周末自驾游，尽管人生地不熟，打开手机导航，路线指引得清清楚楚……这是至简的思路在设计领域中的运用，至简者胜，至简则至难。

假如……

假如,是一种假设,是一种可能发生的状况。时常听到一些人对人生境遇的感叹,假如当初如何,自己的人生将会是怎样,大有悔不当初或洋洋得意的样子。

对于假如,一种是对过往的假如,一种是对未来的假设。

过往,是已经走过的路,发生过的事情。人生几十年,走过了许多路,可以回想的"假如"很多很多:事业的、婚姻的、家庭的……每个人走过的路,其实是自己无数次在众多的可能中选择的路。人生路上,有十字路口,有岔道,一路走来时,处在路口,选择是必然的,否则我们只能徘徊、只能止步。十二年苦读参加高考,许多高校伸出橄榄枝,你必须从中选择,选了高校又必须选择专业;参加工作了,必须选择就业之路,是参加公务员考试还是进入国企，抑或自己创业。还听到股民抱怨，要是早把这只股卖了，那我就赚多了，现在不仅没赚，反而亏了。又有股民抱怨说，假如那只股票再捂一下，就赚翻倍了，可惜，卖早了。其实，放弃或保持现状，也都是一种选择。

对过往的假如，是用现状回首过往，要么怀着对现状不满的情绪，后悔当初选择了此而不是选择彼；要么站在成功的制高点上回首过往，庆幸当初在众多的可能中选择了此而不是选择彼。

一个人对婚姻抱怨，谁又能说得清当初若选择另一桩婚姻必定能美满；今天，一个人对工作抱怨，谁又能说得清当初若选择了另一份工作就能如意……人生路上，都是直播，没有彩排，都需直面，不可重来。

对往事的假如，是一次回首，是一次总结。人可以假如，假如是为了更好地珍惜当下、珍惜拥有，为了更好地把今天当作新起点。假设是对未来的选择，是对未来的前瞻，是对未来状况的判断，是对自我的清醒认识。

祈　福

年终岁首，辞旧迎新，若问出现频率最高的一个字，这个字就是"福"字。人们在心中祈福，人们也在相互祝福。无论是走进人家，还是走进商场，或是走在各种公共场所，举目可见"福"字，红红的"福"字，喜气洋洋。

福，是中华文化中古老又吉祥的一个文字，也最能表达人们对来年的心愿和对新年的期盼。福，佑也，赐福保佑也，万事顺遂也。韩非子认为"全寿福贵谓之福"，人有五福，五福齐备，圆满矣。

人有福缘，天时地利人和是福，国泰民安是福，风调雨顺是福，与时代结缘，与时代同行，是福。

我们修福，以诚修福，行善积德以修福。《左传·庄公十年》曰："小信未孚，神弗福也。"持善心，发善念，做善事，为善人，内养诚心，外行功德。在修福中让福气永随，让福缘绵久。

我们惜福。古人有谓："井涸而后知水之可贵，病而后知健康之可贵，兵燹而后知清平之可贵，失业而后知行业之可贵。凡一切幸福之事，均过去方知。"有些人身处福中，却埋怨不幸福，哀叹生不逢时。其实，福已与之相拥，只是未感知罢了。人当享福，亦当惜福，凡事都有度，福也享之有度，挥霍无度，福则不存。

我们创造幸福。人皆向往幸福，向往激发追求动力，向往迸发创造活力，向往内生坚忍毅力，向往滋生不懈恒力。福缘相助，用智慧和勤奋去创造，幸福便会垂青。以守株待兔的方式等待幸福，等来者少矣。

我们用爱润福。幸福不只是物质满足，更是精神享受。人间有爱、社会有爱、家庭有爱，有爱便有温暖，便会其乐融融，便会和谐美好，这便是福报。心怀大爱，用爱祈福，用爱厚植福缘。

月夜静美

一

月夜静美。静静地坐在湖边,享受从闽江口徐徐吹来的和煦微风。夏夜里,这风显得弥足珍贵:湖中的廊道上,许多人在这儿消夏,有坐在廊道木栏上的,有坐卧在自家带来的草席上的,还有围坐在一起品茗聊天的。淡淡的茶香飘来,是福州茉莉花茶的香气。

朗月高悬夜空,橙黄的,月色柔和,月光流淌,泻进了湖水,染得湖水斑斓。泛起的漪涟似在低诉,让静夜更静,但这静不是枯寂。此时此刻,很想听一听《月光曲》,曲子优美曼妙,陪伴着人们好好享受皎月悬天的夜色静好。

月色姣好,忘了暑天。

二

月夜静美，独自漫步在海滩上，享受微风吹拂的夏日海滩的意境，因为月夜的朦胧，目之所及也是朦胧的：船朦胧、石厝朦胧、沙滩边的树也朦胧。朦胧是一种美，让人遐思、让人浮想……

"哗哗"的声音时大时小、时急时缓，选一处离浪花不远的礁石坐下。静夜很美，很空灵。这样的静夜，静得可以抛却烦恼，洗去躁心，心生恬美；可以纵情想象在白日里所见的大海的样子，想象湛蓝的海、日出、鸥鸟盘旋于归航的渔舟上方……

想象可以放纵，可以恣意，在这放纵与恣意中心涌一丝快感。

三

月色静美，在一个村庄的民居里赏月。斜靠在窗前，望着朗天里的弦月，享受山乡的月夜。

山乡原本就是宁静的，夜的山乡就更加宁静了。村道上几乎见不到人影，只有原野里的蛙声依旧此起彼伏，为月夜鼓噪着。

月光柔和，让人想起这样的歌词："我们坐在高高的谷堆旁边，听妈妈讲那过去的事情。"记忆深处，妈妈讲的故事总是如月光般温柔，妈妈的声音如月光般皎洁，虽轻声细语，却影响着我一生一世。

"四壁书声人静后，一帘花影月明初。"月夜里，听到透过黑夜传来的琅琅书声，这是耕读传家的赓续，书声与月光融合，如山涧里流淌的泉水沁人心脾。

四

月夜静美，在家中的凉台上赏罢夜月，端坐在案前，吟着古人以月为题的诗句："海上生明月，天涯共此时""明月松间照，清泉石上流""深林人不知，明月来相照""野旷天低树，江清月近人"……诗很美，眼帘浮现的是一张张月色图，诗静美，图亦静美。

诗中赏月，那是别样的赏月。眼不见夜月，但眼中又满是夜月：上弦月、下弦月、满月，乌云包裹的月，穿行于淡淡云朵之间的月。月很灵动，在浩瀚的星空中穿行。

五

黎明时，晨阳磅礴而出，而月依旧留在皓空。日月同辉，蓬勃与静美同在。

书海泛舟

心中的书店

说起书店,心中总会涌起一股暖流。在我的印象中,书店与我如影相随,行走在街上,只要看见书店,就会不自觉地走进去逛逛。看看书架上琳琅满目的书,偶尔拿下一本感兴趣的翻翻,尽管不一定购买,也总觉得是一种享受、一种满足。

小时候,生长在那个叫延平的山城,剑溪与沙溪在那里汇聚成闽江。若问我对这座山城有什么特别深刻的印象,我一定会告诉你,山城的新华书店是我时常忆起的:记得那个书店,离山城的延福门码头不远,地处最繁华的商圈之中,百货商场就在书店对面,左边紧邻市文工团和影剧院,右边紧挨市图书馆。

小时候,只要一有时间,我便会溜到书店,站在柜台前看"小人书"。那时的书店,并不像今天这样完全敞开，而是柜台式的，要什么书，营业员给你拿，你翻上几页可以，但是不允许在书店里自由阅读。可营业员对小朋友特别友善：你看上柜台里的一本"小人书"，他会取出递给你；你站在柜台前阅读，他不会催着你归还。虽然他知道小孩子口袋里没有钱。我在读图中体会到快乐，有时到了吃饭的时间，还不舍得回家。"到书店去喊他！"母亲总是这样对姐姐说。在书店，幼年的我读完了《钢铁是怎样炼成的》《欧阳海的故事》《雷锋》《红色娘子军》《红岩》《三国演义》《水浒传》《红楼梦》等连环画，长大了，我渐渐理解为什么图书这个词，"图"在前，"书"在后，从一定意义上说，我们读书最早接触的就是图，从图中描绘的一个个故事，受到了启蒙教育，在心底渐渐滋生对书的喜爱，培养了对书的感情。

从小学到中学，正是"文革"十年，也是文化"饥渴"的十年。后来，上山下乡到农村广阔天地锻炼，近十年没有踏足书店，只是心里还想着书店，心中有一种对图书的渴望。

我的书橱里至今还摆着一套高考丛书，时常下意识地去翻阅一下。不为别的，只为重温走进书店购买这套丛书时的情景。1977年，恢复高考了，知青们的心沸腾了，心已不在田地，而在备考。书是备考之必需，为了得到这套图书，我踏足书店。那天，天刚蒙蒙亮，我就急匆匆地赶往新华书店，到那儿一看，是见首不见尾的长队。我整整花了三个小时的时间，才购得了这套丛书。

20世纪70年代，电台开设了学英语栏目，每天半个小时，与栏目相配套出版了一本教材。为了得到这本教材，我从插队的地方步行到公社，而后又是几十公里的车程，买到这本书。每日捧着书，对着收音机，叽叽呀呀学着。不久，公社中学需要英语老师，我这"半桶水"也斗胆应试。在转折时代，新华书店如一股清泉，解决了我们对知识的渴求。

改革开放时期，新华书店这块文化园地也冲破桎梏，逐渐地繁荣起来。我曾经毫不犹豫地购买了小说《第二次握手》。插队时，它以手抄本的形式流传。记得那天，知青点几乎无人出工，大家待在宿舍对着这书抄一页传阅一页，全部沉浸在这部书的情节之中。

之后，上了大学、参加了工作，书店成了我休闲之地。晚饭后我经常散步到新华书店，翻翻书后又散步回宿舍。我见证了新华书店"柜台"的撤离，书店从购书之地成了读书之地，甚至旅游之地。我曾在长乐的商务印书馆分馆度过整整一天的幸福时光：品茗、看书、听讲座、逛展览，非常惬意。

走进自然是旅游,走进书店也是旅游。在自然间,体会山水之美;在书店里看书,与先贤对话,与文化对话,可以让思想驰骋,真有异工同曲之趣也。

家里满墙的书,大多从新华书店淘来。看着它们都会回忆起当初将它们"请"回家的缘由:或是某个阶段的热门书,或是某个时期弥补自己知识缺陷的书,或是自己感兴趣的书。晨起,静静地打开一本书,仔细地阅读,静静地享受,阅读是如此愉快。

让我感到高兴的是, 2010 年,我创作的第一本散文集进了书店,朋友从北京挂来电话,说在新华书店里看到了我的书。当时,我在闽东工作,傍晚散步到书店,看着陈列在众多图书中我的那本散文,心中百感交集。自己的作品能够成书,成为精神产品走进书店,供人阅读,供人享受,心里真涌起一丝成就感。

行走于大街,夜晚,霓虹灯装点的"新华书店"四个大字格外引人瞩目。新华书店成立于1937年, 1939年9月1日,毛泽东主席亲笔题写"新华书店"店名。在新华书店历史上,流淌着红色的血液,烙下中国共产党的红色印迹,是党的一块重要宣传阵地。我每每看到毛主席题写的这四个字,都会感到这四个字仿佛给人以知识与力量。

走进书店,我时常会想起朱熹先生的"半亩方塘"。

书店，如同方塘，方塘之中，天光云影，源头活水来。这里的每一本书，都是作者、编者智慧的结晶。书店，是作者与读者相互交流、相互沟通的园地，是思想碰撞的场所，碰撞出思想的火花。

书中自有黄金屋。书店，是书的汇聚之地，是黄金屋的汇聚之地，在这里，可以获得知识营养，收获思想财富。

《道德经》中说"水"

晨起,读老子《道德经》,深感中国文化的博大精深,又深感古代先贤的睿智。几千年前写出的这样富有哲理的著作,至今还成为修身养性、陶冶情操的作品,影响着人们的生活。读《道德经》,可以体会到老子对"水"的尊崇,全书八十一章中,有多处关于"水"的内容。

"上善若水,水善利万物而不争,处众人之所恶,故几于道",老子以为,最高的善行就像水一样。水善于滋润万物而不与万物相争,停留在众人都不喜欢的地方,所以最接近于"道"。老子倡导人之善行应当像水一样,有两个理由:一是"水善利万物而不争"。利他而无我,这是水的品质。二是水总是停留在众人都不喜欢的地方,这地方最接近于"道"。老子认为,道不可以名状,但最接近于"道","道可道,非常道",老子所说的道,是大道,也是善之道,人们可以从水中去体悟"道",老子为体悟"道"找出了一个载体。

水总是停留在众人都不喜欢的地方,而这地方又是什么地方呢?《道德经》第六十六章中说:"江海所以能为百谷王者,以其善下之,故能为百谷王。"这章中,写的是江河,实际上是写水。江海所以能够成为百川河流所汇往的地方,乃是由于它善于处在低下的地方。"善下"是态度,也是方法,人必须乐于善下,同时也要善于向下。在待人接物中,低调、谦逊、包容、大度都是"善下"的表现。

人们认为水是柔弱的,其实也只是看到水表面的现象,而没有看到水的本质。《道德经》第七十八章中说:"天下莫柔弱于水。而攻坚强者,莫之能胜。以其无以易之。柔之胜刚,弱之胜强。"水至弱而又至强。只要持之以恒,滴水可以穿石;只要一条小渠,却可推动水车。

反复品味老子"上善若水"的思想,最重要的是水利他而无我,甘居其下,融至弱与至刚为一体。人,当学水之品质。

抄录《道德经》之片想

喜欢老子的道德经，一部《道德经》，五千多字，谈不上宏文，也论不上巨著，却蕴涵着深刻的哲理，几千年来被人们视为经典，成了中华传统文化中一颗耀眼的明珠。

我喜欢《道德经》，也喜欢书法，尤喜小楷，在日课中，总觉得二者间有着一种契合。《道德经》的内容最适合书写，闲暇，常以小楷抄录《道德经》，于《道德经》中领悟书法，于书法中呈现《道德经》。至今想来，已经抄写多遍，有长卷、有斗方，有楷、有行、有隶，每抄毕，总会细细品赏，细声品读，既欣赏书法的灵动意韵，也体会《道德经》的内容。

《道德经》共八十一章，长则两三百字，短则数十字，每章都揭示一个方面的哲理。在抄录中，渐渐觉得，

《道德经》中的许多内容对学书者多有助益。

《道德经》开篇即是:"道可道,非常道。名可名,非常名。"凡事皆有道,书法亦有道。临帖不止于形似,更在于神似,在于蕴藏其间的具有个性的书法之道。我以为,《道德经》中的"有"与"无","有"是书法之形,是可见的;"无"是书法之韵,幽微深远。如《道德经》所说的"玄之又玄",学书者,就是要探索与追求这幽微深远,体悟书道的真谛。白鹤先生在《中国书法艺术学》中说道:"追求天、地、人,书在形、意、韵上的完美统一,这既是书法艺术的起点,也是终极关怀。"张怀瓘在《书断》中也说:"善学书者,乃学之于造化,异类而求之,固不取乎原本,而各逞自然。"了悟在知行,体道在落实,书法正是在这了悟与体道中,叩开众妙之门,形成自我的书法风格。

"有无相生""长短相形""高下相倾""前后相随",这是《道德经》第二章所言。有无相生,于一幅作品中,章法至为重要,"字"若是"有",留白处就是"无",当白则白,当黑则黑,在相生间让作品充满生命气息,让人感到每个字都在呼吸。书法之美,在于追求正中的"奇",险峻中的"正",在于"长短相形""高下相倾"所表现出的那种"势"与"态"。奇正相生,你会感到两个看似相互排斥的东西在这里达到了完美统一，创造出了和谐。欹正生姿，欹侧纵放，转换生姿，让书法各生其姿，各显其态。中国书法有着几千年历史，书家纷呈，风格迥异。米芾《蜀素帖》用险得夷，似欹反正，姿态各不相同，形成了米芾的书法风格。"前后相随"说的是气韵相随。书法气韵贯通，其作品方鲜活。有的书作，就单字来看，似乎都无可挑剔，但纵观整幅作品，总感到缺了什么，气韵缺了。学书者，当善于把握书作之气韵。

"知其白，守其黑"，是《道德经》第二十八章的句子，原意是，深知什么是明亮，却安于暗昧的地位。中国书法其实就是知黑守白，书写的技巧也在于对"墨"的运用，在知黑守白间去表现这门艺术，展现出高贵静穆的黑与白的生命对话。墨有五韵，其色最丰富，它可以寄托人的情感，虽听不到音乐的震响，但处处回荡着生命律动。颜真卿《祭侄文稿》是为祭奠侄子季明殉国所作的祭稿，墨色在由缓而疾，由湿而枯中变化，让人体会到萦行郁怒、哀思勃发的尽情。知其白、守其黑，也告诉我们，书法是一门寂寞的艺术，它与喧嚣无缘，学书者，当以宁静之心才能与墨结缘，于宁静中寻得墨之趣。

"惚兮恍兮，其中有象，恍兮惚兮，其中有物。窈兮冥兮，其中有精，其精甚真，其中有信"，出于《道德经》第二十一章。老子说的"道"是什么呢？林语堂先生在《老子的智慧》一书中谈到，道是恍恍惚惚的，说无又有，说实又虚，既看不清又摸不到。可是，在这恍惚中，它又具备了宇宙的形象，涵养了天地万物。中国的文字萌发于新石器时期，象形是中国文字的显著特点，每一点线必然蕴含着自然生命的现象。孙过庭在《书谱》中写道："心不厌精，手不忘熟。"最终达到"无间心手，忘怀楷则"。学书者总是行走于无与有、虚与实之间，总有一种恍惚与彷徨，但就是这样一个过程，培养了书者的内在品格，消解了身心和物我的对立，达到乘物以游心、物我双忘的境界。

"道法自然"，是《道德经》中被人引用最多的一个词，该词出自《道德经》第二十五章。《道德经》在五十一章还说道："道之尊、德之贵，夫莫之命而常自然。"自然而然，与天然相近。自然所以然。林语堂先生语"道以自然为归，所以道效法自然"。一切最生动的生命现象均源于自然，只有将身心融于自然，体验自然、感受自然，才能获得永不枯竭的生命之源。"物象之形"，也是"造化之理"，立象以尽意。蔡邕的《九势图》中说："夫书肇于自然，自然既立，阴阳生焉。阴阳既生，形势出矣。"虞世南在其《笔髓论·契妙》中也写道："字虽有质，迹本无为，禀阴阳而动静，体万物以成形，达性通变，其常不主。"千年来，人们从大自然中获得书写灵感，也常以大自然之现象来评价书法。如孙过庭《书谱》："凛之以风神，温之以妍润，鼓之以枯劲，和之以闲雅。"疾、润、枯、雅的韵律变化，是书写过程中的"物我两忘"。道法自然，是一种修养和境界，学书者当从自然界中获取书法的养分，从碑帖中领悟其中的自然之性。

"道生一，一生二，二生三，三生万物。万物负阴而抱阳，冲气以为和。"此句出自《道德经》第四十二章。道是化生万物的总原理，书法之道也是化生书法的总原理，书法若失去法与道，便失去书法之根本。"一点成一字之规，一字乃终篇之准"，书写一幅作品，第一个字就为全篇定了基调，其他的字都是由第一个生发开来的。在书写过程中，以这一字为基准，处理好字与字之间的关系，达到"违而不犯，和而不同"的对应关系。在节奏、用墨和变化关系上要做到"留不常迟，遣不恒疾；带燥方润，将浓遂枯；泯规矩于方圆，遁钩绳之曲直；乍显乍晦，若行若藏；穷变态于毫端，合情调于纸上"。书写有变，才有灵动，如何变，在一字之规、终篇之准中变，但变的终极是"合情调于纸上"。学书者当求变，但万变不离其宗,从大的方面来说,不能离开书法之道;从一幅作品看,必须守好"一字之规、终篇之准"。每个人的书法风格就是在"守好"与"琢磨"中逐渐形成的。

  书法是一门含蓄内敛的艺术,这也契合了《道德经》第三章中所说的"为无为,则无不治"。书法不只讲求书写技巧,而是要能随心所欲地驾驭附在技巧上的情感表达,让人们通过书写技艺去感受作者的情感表达。书写的笔法也如《道德经》中所说的"挫其锐",讲求不露锋芒。中锋用笔、逆势运笔,藏而不露,就如颜真卿《祭侄文稿》,通篇充满愤懑之情,但作者的情感也是通过线条的疾缓、墨的干湿等来表现,运笔依旧有度,不失内敛。

  《道德经》中蕴含的哲理,对于学书者来说受教匪浅,笔者只是涉之皮毛,日后当不断体会,把它融入学书之中。

一个人对世遗大会的表达

2019年的6月,一个消息让福州有些兴奋:这座城市成功获得了2020年第44届世界遗产大会的举办权。历史文化遗产丰富的福州正日益受到世界瞩目。当时,新作《致敬这座城》正付梓出版,这是一本咏叹福州的书。我与编辑商量,特地为这本书做了一个腰封,印上一行醒目的文字——"谨以此书祝贺福州成功举办2020年第44届世界遗产大会",这也许是国内第一本献礼世遗大会的书吧。

2020年初,福州为在夏天召开的盛会忙碌着。我有一个想法冒了出来:这些年,我在行走间用手机拍下了一些关于福州的影像,何不把这些照片梳理一下,在微信朋友圈发送?这样在问候朋友的同时,也可以与朋友分享这座城市的美好。于是,2月15日我在朋友圈里发了第一张名为"南后街的年味"的照片,此后,每日发一图。原以为,离 2020 年 6 月世遗大会的召开,不过几个月的时间。不承想,一场世界范围内的疫情阻断了人们的交往,一切皆因此而放慢了脚步。第 44 届世遗大会从 2020 年的夏天开始延期,直到 2021 年的 5 月,官方才召开新闻发布会,宣布此届世遗大会于 2021 年 7 月 16 日采取线上线下的方式召开,主会场设在福州。一年多的时间,我发送了 500 多幅关于福州的照片,在世遗大会举办的前一天,我在照片中这样写道:"世遗大会进入倒计时,明日,世遗盛会将在这座城市拉开帷幕。这些天,这座城市处处是一片浓郁的迎接世遗大会的气氛。"

我期待世遗大会,其实是对一座城市、一个地方过往的回眸,是一种情感的释放。这座城市,派江吻海,山水相依,城中有山,山中有城,自然环境相当优美。在一年多的时间里,我像一个"淘宝者",在有关福州城的大量影像中一幅幅地淘着。每浏览一幅照片,都会勾起我的一段回忆:三坊七巷、朱紫坊、上下杭、烟台山、梁厝、永泰庄寨、闽清娘寨、连江海景、平潭胜景……

长期生活在一个城市,自己的气质会不自觉地与这座城市的气息慢慢融合。迎接世遗大会是一个契机,让人们能够静下心来,回望一下这座城市。每天清晨,我选定要发送的图片后,都会静心地欣赏着、品味着。看到三坊七巷的老巷时,便想到了"雨濛巷深幽,风送桐香至。纸伞独风浪,韵添丽人媚";看到上下杭三通桥时,便吟出了"一桥本东西,今却向南北。曾见托双潮,千帆泊暮色"……

世遗大会的步履渐行渐近,能不能用一首歌来抒发心情?我与作曲家式耀先生作了沟通,他愉快地答应,连夜写了歌词:"我等你来\等着你走进我\行走之间认识我\我等你来\脉脉撩开面纱\秀外慧中皆惊艳\我等你来\带你看山观水\青山绿水美颜秀\我等你来\带你走坊串巷\人文厚重气质华\我等你来\带你看海望天\蔚蓝清新帆正扬\我等你来\走进我拥抱我\我的名字叫福州\啊!美丽福州\幸福之州\活力魅力一座城。"

在我的心里,就想用这样通俗易懂的语言吟咏福州,借助迎世遗大会这个契机更好地宣传福州,让人们认识这座城市,也许这也是大多数福州市民的想法。

盛会终会结束,但我对这座城市的爱却是与日俱增的。爱而生美,因为爱,你会更觉得这座城市的美丽;爱生动力,因为爱,你会更加主动地去建设它。

一个人对世遗大会的表达,其实是对这座城市、这片土地爱的表达。

书香弥漫的文化景区

早晨,专门从福州驱车到长乐滨海新城商务印书馆福州分馆。在馆内的咖啡吧里,点了一杯咖啡,静静地享受浓郁的书香氛围,待了半天的时光,不舍离开。

书厅里的一群孩子,有的席地而坐,有的坐在椅子上,有的独自看着书,有的交头接耳,说着些什么,不得而知。这个年龄的孩子,生性好动,到了这儿,变得安静。

年轻的母亲推着婴儿车,一会儿拿起这本书翻翻,一会儿拿起那本书看看,嘴里不停地向躺在婴儿车里的孩子说些什么;还有些孕妇,腆着肚子,在丈夫的陪伴下,悠闲地徜徉在书厅之中。

一对老夫妻坐在那儿,桌前摆放着好几本图书,他们一边翻着,一边窃窃私语,声音很细、很柔。

书厅之中，还有许多年轻人，他们找寻着自己需要的图书。

书厅宽敞明亮，尤其是五米多的层高使书架从地面直抵屋顶。"养生谷为宝，继世书留香"，"耕莫忘读书"，这些都是我在闽东的一个古村落读到的，一直记于心上。农耕时代就如此崇尚读书，更何况今天，一个为梦而行的时代，更需要书香充盈。

书厅的一角，一场讲座正在进行着，讲者讲得入神，听者听得入迷。商务印书馆的同志告诉我，他们会不定期邀请一些知名专家学者举办讲座，从而打造一个文化交流的平台。我很欣赏讲堂的设计，听众的座位就是层层阶梯，人们坐在阶梯上聆听；这阶梯又是通往二楼的路，人们可以上楼继续了解商务印书馆的前世今生。

书厅二楼正在举办商务印书馆的史迹展，展厅的显著位置，有这样一张照片，照片上是一批与商务印书馆有关的福州人。这些人中，有商务印书馆的经营者，有图书编辑，还有为印书馆供稿的作者。我浏览着墙上的每一幅珍贵图片、每一封往来书信，端详展厅中的每一件实物以及编辑们工作的仿真场景，一股浓郁的文人气扑面而来。百多年前的商务印书馆，是闽人群体的精神家园。

展览展出了 19 世纪末 20 世纪初商务印书馆出版的由

福州文化人创作和翻译的各式各样的图书。比如林纾翻译的《巴黎茶花女遗事》、严复翻译的《天演论》以及众多由商务印书馆出版的闽人图书。这些图书，如果用现在的眼光去审视，无论是装帧还是印刷质量，都无法与今天出版的图书相比，但它烙下了那个年代图书出版的印迹。

在史迹馆内，我见到了一块靠在墙上的石板，石板上满是文字，原来，这石板是用于早期的机器印刷。接着展示的，是铅字印刷。改革开放初期，我曾在印刷厂的排版车间看到工人们根据书的内容，一个字一个字挑拣着，将文字组合排版。史迹馆展出的传统印刷设备，梳理出中国印刷史的脉络：从木刻到石刻，从手工到机器，从不可动的文字到可移动的铅字，从铅字排版到电脑排版。看着这些印刷机器，我思考着能否增添一两块木刻版，让参观的人更全面地了解印刷业发展的全过程；也可以在展厅里增加一些互动项目，让孩子们动手拓一两幅字画，增强趣味性。

上了三楼，那里存放着《四库全书》，它静静地躺在木箱之中，放在书架之上，整齐地排成行、列成队。《四库全书》是由清高宗乾隆皇帝亲自主持，由纪昀等360多位高官、学者编撰，3800多人抄写，耗时13年完成的巨著。分经、史、子、集四部，故名为"四库"。它相当于《永乐大典》的3.5倍,共计79338卷, 36000余册。抚摸着《四库全书》油光的木箱,箱子散发出楠木的香味,木香和着书香,让人神清气畅。不能让这些图书成为一种摆设,商务印书馆组织人员将其中有关福州的篇章摘录出来,与福州新区、团市委合作,开展"《四库全书》中的福州"抄写活动,专门辟出一个展厅,用于展示这些书法作品。

商务印书馆福州分馆是一处2A级景区,这是把文化场所当作景区来打造。这道人文风景,美丽且芬芳。

在岁月中吟唱

谷文昌去世后，人们纷纷怀念他，学习热潮一浪一浪地掀起，他的先进事迹也一次次地被演绎。40年来，关于谷文昌的文艺作品有长篇、短篇，有诗歌，也有影视和戏剧。因此，当我捧读钟兆云长达18万字的报告文学《谷文昌之歌》时，心里充满疑问：再写谷文昌，洋洋洒洒，能写出多少新意？我的疑问，随着阅读的深入渐渐消除。钟兆云不愧为传记文学和报告文学的高手，他从一个全新的视角，全景式地写出了一个丰满的谷文昌。

读这部作品，有这么几点体会。

一是纵横开阔，多维度揭示人物形象。这是整部作品的显著特点。首先，兆云先生采用对比的方式，让人们更为直观地了解东山治沙的重要性和治沙之后的重大变化，谷文昌的形象就在这对比中丰富起来。"能飞快飞，能走快走，这里不是生存之地。""沙滩无草光溜溜，风沙无情田屋休，作物十种九无收，求乞谋生到处流（浪）。""举目眺望八尺门，心碎神乱珠泪流""微风三寸土，风大石头飞，风沙淹田牛上屋，父母嫁女水陪嫁"……通过这些民谣，我们认识了昔日的东山。历史上的东山一片荒凉，"1200余平方公里的海岛森林覆盖率仅为0.12％"，东山历史上也有不少官员想治沙，也曾发动民众植草封沙，但都以失败告终。就是在这样恶劣的环境里，谷文昌吹响了治沙号角。其次，作品不只刻画谷文昌一个人的形象，而是刻画了一个群体的形象。文章一开始，就写了时任省委书记项南深入调研看到换了人间的东山，进而听说了病重中的谷文昌，并在谷文昌逝世后采取了一系列超常规的宣传措施。为什么东山当地形成了"先祭谷公，后祭祖宗"的风俗，为什么谷文昌这样一个典型被人们一再提及，事迹一再被发掘和传颂？足以说明谷文昌精神的伟大和其人格的魅力。现在的东山被游人称之为"被上帝宠坏了的地方"，回想20世纪50年代初散文家王仲莘亲见的"海上风沙为害，毁田埋屋，造成一片荒凉"，在这样的比较中，睹变思人，让人看到谷文昌治沙造林功德无量。

二是刻画细腻。这部作品中，谷文昌的丰满形象跃然纸上。刻画人物形象，就要刻画出其心理，通过心理的变化来表现人物。兆云先生是下了功夫的。如33岁的谷文昌响应党的号召，为了革命舍小家，克服上有老下有小的困难，报名南下时，在登记表"家庭有啥困难"栏目中，写下"没有困难"；还联合6人向组织递交了一份写在烟盒背面的保证书，表态"决不给家乡丢脸，决不辜负父老乡亲的期望"。从这些言与行中，我们看到了一个"党有号召、我必响应"的革命干部的初心和使命。作品很注意表现谷文昌的情感变化，他深入基层，听有关壮丁家属讲述的愁苦，面对不胫而走的"敌伪家属"称呼，他的心起了波澜，他以"决不能再在群众的伤口上撒盐"的胆识和担当，启用了"兵灾家属"这个新名词。东山治沙造林，是整部作品的重中之重，面对历史上曾有的植树屡种屡败，谷文昌毫不退缩、义无反顾，为此备受煎熬，不仅要承受失败的事实，还要面对失败后干部群众低落的情绪。他在9棵幸存的木麻黄面前，发出改造山河的誓言："能活9棵，就一定能活900棵、9000棵、90000棵！"谷文昌的泪为造林治沙而流，豪情为治沙造林而生，作者用了大量笔墨描写谷文昌的心路历程，更好更立体地彰显了谷文昌的人物形象。

三是群众感受。谷文昌作为一个县委书记，带领东山人民一起治沙造林，他在东山干得如何，老百姓最有发言权,岁月也会给出答案。兆云先生做了大量的采访活动,查阅了繁多的资料。"东山保卫战"后,那个冒着生命危险帮助守岛和救援的"兵灾家属"以及他们后人的心声,无不传递着对谷文昌德政的肯定。作品还讲述了谷文昌与农民蔡福海的深厚情谊,这种情谊影响着蔡福海的后人,他们至今还记得谷文昌讲过的话:"革命的目的,就是为了让群众过上好日子,如果我们不关心群众疾苦,就无所谓革命。"斯人已去,精神长存,兆云先生的可贵之处,在于清醒地认识到谷文昌这一先进典型在新时代仍不过时的价值,《谷文昌之歌》为谷文昌精神谱系的宣扬再上台阶。

四是直抒胸臆。以往的传记文学,往往满足于客观表达,但兆云先生不止于客观叙述,而是大胆地把自己的情感融入作品,这种情感贯穿始终,成了一条情感的表达线。"在东山保卫战纪念碑前,我不止一次地告诉人们,这一战是猝然而至,这个纪念碑是谷文昌提议并主持建成的。世上没有几件事是顺理成章的。为了给东山保卫战的英烈们树碑,谷文昌倾注了殷殷心血。""我也告诉人们,东山某个海堤竣工时曾刻碑,上有谷文昌之名,但他悄悄给废止了。是他不喜欢树碑吗?也不是,但他把自己那块碑刻在人民心中。"一段情感的表达,起到了深化作用,这是作者情感的自然表露。作者还通过儿子的微信抒发情感:"回头看儿子晒出的微信,说是不小心落进了天空之境,这里足以媲美任何网红地的绝美海湾。倒希望他今后写文章或向人介绍时……还会说,这里也是当年谷文昌带领东山人民修堤坝、植树造林、抵抗风沙的战场。"夹叙夹议,有感而发,恰到好处,让这部作品更有温度,更有人间烟火味,也更容易拨动读者的心弦,引发读者的共情。

　　品读《谷文昌之歌》,我在听兆云先生的吟唱。通过作品,我看到了一个有血有肉、富有情感的谷文昌。

怀揣感动写银钗

——写在《传奇银钗》出版之际

新作《传奇银钗》问世了，捧着散发墨香的图书，革命妈妈汤银钗的事迹在我脑海中沸腾，心被她的精神深深感动。同时，也感到有些释然，我完成了一件想做的事，写了心中一直想写的人物。

在宁德工作时，就曾听说汤银钗的故事，知道她被叶飞称赞为革命妈妈。20世纪30年代，在闽东工作的叶飞同志两次在她家中疗伤，汤银钗给予了无微不至的照顾。无论是银钗的娘家或是婆家，都有亲人为革命献出了生命，可谓是满门忠烈。新中国成立后，她积极参加初级合作社，成为第一届全国劳动模范和省人大代表。那时候，她的形象已经植根在我心底。

2019年夏天，我去了一趟宁德蕉城区的虎贝镇。虎贝,在许多人的印象中,是一个相对封闭的乡镇。这些年,借助改革开放和摆脱贫困的强劲东风,虎贝开始走进人们的视野。人们陶醉于虎贝的秀色山水,更为虎贝的红色资源所吸引。记得那天,天朗气清,车从宁德八都下了高速,往霍童方向驶了一小段,又拐进了去往支提寺的道路。望窗外,群山绵延,风光秀美,站在叶飞题写的"百丈英风"的石碑亭前,望着对面巍峨的雄峰,听着九壮士的故事,就联想到在中学课本里读到的抗日战争时期狼牙山五壮士的事迹,他们宁死不屈的气节一直影响着后人。没想到,在第一次国内革命战争时期,九位红军战士面对敌人的围堵宁死不屈,毅然跳下百丈岩,其举气吞山河。多年以后,山道旁多了一个用石头垒起的"无字碑",路过的百姓都会点上一支烟或是放一束山花在碑前,每年清明节前后,总会有人来祭扫。九壮士的故事震撼了我,虎贝百姓的那种真挚感情感动着我。

  从百丈岩远眺,一条峡谷从眼前一直铺陈开去,溪水随峡谷蜿蜒,虎贝镇的许多村落就坐落在峡谷两岸。这一天,我去了百丈岩纪念馆,去了石堂山红军整编训地,去了中洋里村。收获了许多故事,特别是中洋里村,勾起了我深藏于心的汤银钗的故事。这一次,听了当地群众的介绍之后,脑海中的故事更加系统、更加完整,当时就觉得应当把她写出来，让更多人知晓她的故事。之后，为了进一步了解汤银钗，我第二次去了虎贝，去采撷曾经发生在那里的许许多多革命故事。桃花溪，那里曾经是闽东独立师所在地，闽东独立师纪念馆就建在那里。我徜徉其间，认真阅读每一块展板、每一段文字、每一幅图片，那段历史，在我的脑海中更加清晰。

回来后，我搜集了有关汤银钗的资料。有关她的事迹，从20世纪50年代开始就有了记载，之后，蕉城妇联、（宁德县）党史方志办、宁德市蕉城区政协《宁德方史资料》等都对她的事迹作了记载和报道。海风出版社出版的集中讴歌福建红色女杰的纪实作品《山花烂漫海棠红》，其中有老朋友、党史专家兼作家钟兆云先生的三万字长文《无名纪念碑上的母与子》。钟兆云说，当年他写《叶飞传》后，受汤银钗后人郑重委托，深入闽东觅迹寻踪，创作了这一篇较为全面反映这位革命老妈妈事迹的长文。夜深人静时，我在案头阅读每一份资料，特别是钟兆云先生的这篇长文，它丰富了我的写作素材，使我写作的信心更足了。

去了虎贝，不仅仅为汤银钗等人的故事所感动，同时也为虎贝而惊艳。这个风光秀美人文底蕴深厚的地方，杜鹃、黄酒、黄家蒸笼、黄柏古村、石堂八景、陈普故居……宛若一幅画卷,在我的眼前徐徐展开。

在虎贝的红色历史画卷和山水画卷中刻画人物形象汤银钗,讲述她的故事,红色历史画卷与山水画卷互相依存。虎贝的山、虎贝的水滋养了银钗,我既写银钗,也写其他红色资源,写百姓的真挚情感,写霍童和虎贝的人文和自然。当这本书付梓时,心反倒有些不安,不知道这个创作初衷是否体现了。

论作品的篇幅,不算长。但我却是怀着感动之心来写这部作品的。除了如汤银钗这样的故事让我感动,我还感动于虎贝人珍惜红色资源、保护并利用红色资源。一些父辈曾经在闽东这片热土战斗过的后人回到这个地方,他们和当地的百姓给我当起义务讲解员,向我讲述了发生在这片热土上的故事;出版社的编辑也满怀真挚,反复推敲;党史专家的认真审读,这些都让我感动。

又是人间四月天,最是追思先贤时。我采撷一掬山花,将花瓣撒向天际,每片花瓣,都是心语,表达出我对革命老妈妈的致敬。

满满的情,满满的理
——读贞尧仔先生的《番薯情》

年初,贞尧仔告诉我,他准备把一组有关番薯题材的散文作品结集出版。当时听了,心想番薯能写出什么情来。如今,我坐在灯下,细细地阅读由海峡文艺出版社出版的《番薯情》,完全被书的内容吸引住了,被贞尧仔笔下咏的番薯品质、浓浓的番薯情,蕴含在番薯间的亲情、友情、爱情所打动,被他作品中的理所感动。一口气读完之后便陷入了长久的思考。

番薯对于我们来说,再熟悉再普通不过。番薯,因它是舶来之物而得名,它还有一个名字叫地瓜。我只知道,它是价廉的食品,从来没有认真地思考过它带给我们的精神享受。贞尧仔的妙笔之作,让我得到了物质和精神两个层面的享受。

首先，作者用白描的手法生动细致地描述了各种番薯食品的制作方式。作者紧紧抓住番薯这条主线，通过母亲对番薯加工制作的具体描写，体现了番薯食品的丰富性，让人对番薯有了更加深刻的了解。在《薯味悠长》一文中，写造节粿的过程："母亲端来一条板凳，放在舂臼前，坐着，上身前倾。右手抓放三五把薯糜仔，放进臼内。左手握舂锤木柄后端，右手握前端，以右手使劲提放为主，让舂锤头起落撞击。先轻抬轻落，上下幅度由小而大。"在《薯粉生津》中写母亲刮番薯皮的情景："母亲遇圆平而贴刀长扒，有坡峰就短刮，见狭缝用刀尖抠，见臭眼就深挖，番薯蒂筋就以刀刃削。母亲右手拿刮刀，似指挥棒在舞动，左手五指遥相呼应，有节奏转动。"这些画面感极强的文字在书中比比皆是，不胜枚举，让人读了，如临其境。作者之所以能够生动细致地描写地瓜加工的过程，源于其所具备的细致观察能力，以及从小母亲对他的耳濡目染。这使他在提笔写作的时候，以往所见就自然而然地流淌于笔下。

其次是从番薯之中流淌出的浓郁亲情、友情与乡土民俗。作者并不是就番薯写番薯，而是通过写番薯抒发久藏于心的情感。读该作品，我看到了一个肯于吃苦、充满爱心、心灵手巧的母亲形象。母亲操持并呵护着一个家，她之所以想方设法把地瓜制作成各式各样的食物,就在于"凭自己的勤劳和智慧,化腐朽为神奇,拿捏制造出用不尽的物质和精神食粮"。母亲爱孩子,但不宠孩子。母亲没有说教,总是言传身教。"遇三五成群的乞丐到访,母亲都会拿出一个番薯,或抓若干地瓜片,或送其他可给之物,从不空手。母亲常教诲,'看人富,千万没看人穷'"。母亲做薯糜仔等食品,总会先分给邻里老人享用。煎面饼,"母亲自己舍不得吃,总会煎一锅,端出来,与厝甲婶婆共享美味"。《番薯本真》和《在跟着父亲讨海》中,作者较集中刻画了父亲的形象。父亲没有文化,但为人忠厚重情义、公道正直,吃苦耐劳,在作者的眼里,父亲有着如番薯的本性。作者通过跟随父亲讨小海,以小见大。父亲教育孩子,做什么就要像什么,即使讨小海,也要把小海讨好,道理很朴素,但是管用。作品中还透着浓浓的乡土人情,在《故土生薯》中,作者描写生产队开会的情景:"大家谈天说地,学时事,议家事,辨是非,聊心事,传趣闻,逗佳话。这种没有招呼的房前埕边的聚餐会、工作会、闲聊会……成了20世纪70年代家乡的一道风景。"作品中多是借番薯讲情、讲理,从中散发出浓浓的父爱、母爱和乡情之爱。

再次,作者真情吟咏番薯,充满哲理。在《番薯本真》中，作者深情地赞美番薯"一生只立寸尺地，生期大半年，除了仅有除草、拾藤、犁薯上，人们似乎不用管它、顾它，自抗病虫，自抵风雨，自调气象，地旱可生，日曝造长，顺乎天，应乎人，依本性活出本真、本味"，番薯"静静地吸收水分营养，憨憨地承接阳光寒霜，渐渐地顺势生叶长茎，默默地壮根成薯，呆呆地躲在地窖旯旮，甘甘地献出嫩肉滑粉，任人享用……人不弃，随缘欢喜"。活灵活现地刻画出番薯的品格和精神，入木三分。在《俗话番薯》一文中，作者说"番薯成了心语、情语，烙成了文化符号"。文中收集了福清当地关于地瓜的俗语，起到了以小见大、揭示人生哲理之功用。如"'无牙佬吃番薯叶，吞下半截还要拉出来''吃酒下番薯，肚里发酵'说的是吃得了，要吞得下，还要消化得了"这样的例子，还有很多。

语言的优美，语句的简短，善于用排比的叠句，读来朗朗上口，体现了作者对文字的驾驭能力，给读者美好的阅读感受。《番薯情》不长，以番薯为主线，围绕普普通通的番薯，写出满满的情与理，让人得到许多感悟。我想，这就是这本书的价值所在吧！

艺路撷英

菖蒲·观音竹

有友送来一小盆景：陶泥制成如笔筒一般大的六角花盆，盆土之上置着一石块，石块上长着绿油油的菖蒲。菖蒲叶细如须，毛茸茸的，几根观音竹依石斜生而出，高不过半尺，杆至多不过三五毫米，看上去，一副弱不禁风的样子。

有友来坐，见茶座上这小盆景，赞许道：雅致。我想起一诗句："室雅何须大。"

闲时，坐于桌前，一面品茶，一面将清水慢慢地从盆的高处浇于观音竹和菖蒲，水细流沁入，直至从盆底出，竹叶与菖蒲挂着水珠，娇滴滴的。

赏着这盆景，想起在乡间劳动时，负薪下山，耕作间隙，找处有山泉的阴凉地，砍一根竹子、取一竹节，盛山泉饮之，甘甜沁怀。坐于山涧阴凉处，扯嗓而喊，山回应、树送清风。望山涧溪水,清澈见底,小鱼游于缝中,溪中岩石、青苔覆盖,岩石周边,翠竹或小树傍斜生出,一片清幽,偶听几声蝉鸣蛙叫,那更添了环境的清幽。桌前这一盆景,说是一盆景,实则是将山涧之清幽移入了居屋之间,添了小屋山水之气,也充盈着小屋的雅气文气。

文气与山水之气同出一脉,溯文气之源泉,应当是山水之源涵养而成。自古以来,文人采自然之清气、吮山水之灵气,汇天地之万物,咏山吟水,养得淡泊空灵之性情。有人道,这菖蒲、观音竹,历来为文人喜爱之物。何也?寄寓着文人之性情。

细赏这盆景,竹是细的,可以说是细到了极致;菖蒲的叶是细长的,有的就如细须,好些朋友见了之后心生怜爱,交代说要好生呵护。柔弱胜刚强,它柔弱,让人怜惜,也让人倍加呵护。至柔则至刚,这盆景中的菖蒲、观音竹,因为弱,则显至刚。

一盆不大的盆景,弱乎?强乎?

往茶杯里注入清水,爱怜地淋在菖蒲、观音竹上,让它青翠。

壶盖不开

于朱紫坊观大林先生写兰作品展，展厅乃借瓷器大师之瓷品展厅。吾品兰，也赏瓷器，既得墨兰之趣，也获瓷器之韵。大林先生为办展，专往瓷都德化，闭门于瓷盏上画兰，灯下观盏，瓷剔透、墨韵明，二者相辉映。

先生将烧废的瓷片置于瓷品下方的空地上，宛如方方瓷田。其中寓意，一件好的作品，是通过无数废弃之后才获得的。吾蹲下身子，看片片瓷片，白如云。有的杯盏，看似毫无缺损，服务生从旁指点"此处有一黑点"，细看果真，服务生云：先生理念，每一件瓷品，出其之手，必认为已无瑕疵。听之，甚为感动，艺术之生命，见艺术家执着于一斑。

在一片废瓷中，觅得一茶壶，看似完整，然却打不开壶盖。服务生云：此壶烧制时，未上分离剂，壶盖不开，故弃之。手握壶，反复摩挲，虽无茶壶之功效，心思在其上刻"壶盖不开"，并以微雕诣其文于其上，置于案上，闲暇时把玩，不亦乐乎。于是，问服务生可否送吾，服务生见吾喜爱，允之。

晨起，记之。

于肖像间走进人物的精神世界

——观李明华福州名人肖像作品展

"清芬长掬——李明华福州名人肖像作品展"近日在福州市美术馆展出，观展者络绎不绝。不少人与我一样，长久驻足在作品前。有位老人摘下眼镜，面庞几乎贴在了展框上，眼神凝重；还有一对上了年纪的参观者，在一幅幅画前议论着，他们回忆着肖像中人物的沧桑历程和功绩。这次展览的作品，是明华从百多幅肖像作品中精心挑选出来的，可以说是明华人物肖像画的精品展。

展览在名人故居举行，古厝氛围与展览内容相得益彰。新近搬迁到上下杭中平路172号的福州市美术馆，本是黄培松的故居。展出的60余幅作品中，有着董奉、怀海、王审知、郑思肖、张经、陈第、叶向高、林则徐、沈葆桢、陈宝琛、严复等人的肖像，他们都在福州历史上留下过不可磨灭的一页。

明华先生的这些肖像画,以小画大框的形式来表现,每幅只有 20 厘米见方,以小见大,仿佛带人穿越回旧时光。

肖像不是照片,不是定格于某时某刻人物的音容笑貌、喜怒哀乐,而是对人物的再理解再创作,是对人物精气神的再提炼,蕴含着创作者对人物的情感。"功夫在诗外",创作人物肖像需要创作者走进人物的精神世界。明华在这方面是下了功夫的。他采用水墨画的表现形式,在水墨浓淡间刻画和表现人物,用黑白把人物经历的沧桑浓缩于眉宇间。从画作中,我看到了林则徐的正气、萨镇冰的冷峻、陈宝琛的儒雅、潘主兰的和蔼、陈岱孙的刚正……

在为数不多的女性肖像上,明华多采用淡墨,增加作品的朦胧感,强化女性的柔美,表现女性的细腻。从他的画作中,除了看到林徽因、冰心、卢隐的温文尔雅之外,我还看到了林徽因的甜、冰心的静、卢隐的忧。一幅肖像画,能否传神,是否符合人物性格,关键在于对眼神的把握。明华显然注意到了这一点。肖像中这些人物的眼眸风姿各异,有的刚毅、有的忧伤、有的淡然。

明华毕业于福建工艺美术学校,毕业后长期从事党政工作。在繁忙的工作之余，依旧怀揣追求艺术之心，将书画作为日课。这次的人物肖像展，也是他年届退休之时的一次展览。我相信，有长期的艺术积淀，退休后又有更多的闲暇时间，他在艺术之路上会收获满满。

  从这个意义上说，这次的展览，也可视为明华艺术之路再出发、再扬帆的展览。

清新明快　清幽空灵
——余凡先生水彩画赏析

  每至新年，余凡都会与其父余忠为先生共同拣选一年中创作的佳画，来印制一本月历。我也总会将这本月历放置案头，在查阅日期的同时，得以欣赏他们父子的画作。于多年的欣赏中，我深感余凡先生经多年磨砺，画技渐臻，其画作给人满目清新之感。

  他今年选作月历的画作，多为南方风光，山水田园，空灵秀气，气象氤氲，恰好与他的画风相合，利于他的表达。

  他的水彩画，色彩布局非常细腻，表现出光影下大自然的那番空灵、清幽、宁静。曾有诗句"鸟鸣山更幽"，我想说"朦胧愈空灵"，朦胧总给人一种意犹未尽的感觉，空灵不是一览无余。如他二月的画作，有如被淡淡的雾所笼罩，整个山色在云雾中变得妩媚婀娜。又有如四月的那幅画，村庄畔着河，几叶轻舟泊在岸边，河水可见微波，天的蓝色，不是用蓝色表现，而是用白色体现，在白中不仅见得天蓝，而且能见天之辽阔无际。

他的画注重光影与景物的结合。如八月那幅，小溪、轻舟、远山、绿树都浸润在日光将云雾渲染出的淡淡金晖中，薄雾如幔，有着仙境般的美丽。还有十月的这幅，秋风浸染，金秋深沉而多彩。知秋方能画秋，画作的色彩能够体现恰当的意境，这就需要画外功夫。余凡善于学习，于平日习画的同时，埋头学习，勤于写生，以外促内，内化于心、外化于形。

他的画层次分明。一是画面，远山近水、亭台楼阁错落有致。二是色彩，在色彩的层层渲染中表现出光影明暗、晦暗分明。

艺术需要守正创新。余凡在坚守水彩画精髓的同时，也注意吸纳中国画的养分，将中国画的写意运用于水彩画中，表达出中国画的那番意境。画作中还可寻得一些中国画的运笔，如在树和房屋的表现上，都可看到些许这样的痕迹。

余凡生于闽东的霞浦，那里的滩涂景色闻名遐迩，让无数摄影人远道而来。滩涂美景充满光与影的变幻，或许这也影响了他对光影的理解与把握。余凡的父亲余忠为先生是中国美术家协会会员，曾创作百米长卷《三坊七巷》，引起很大反响。父子传承，耳濡目染，加之自己对艺术的喜爱、勤奋，躬耕于艺海之中，使得余凡的画艺不断提高。

当然，他的某些画作还显得明快有余、沉稳不足、略显稚嫩。这是一个画家在探索过程中的自然流露。相信随着岁月的流逝，他的画艺功底会不断深厚，对大自然的感悟也会更加深刻，他的画会更加成熟，会更加为人们所喜爱。

喜兰·悟兰·写兰
——李大林写兰作品赏析

闲时常于手机中翻看大林先生的写兰作品，久之，兴趣愈加浓厚。他笔下的兰花，寥寥数笔却形神兼具、各有特色，让人感受到别样的韵致。即便是同一幅作品，几片兰叶也各有神韵、惟妙惟肖，令人仿佛置身于兰叶翻转交叠的不同光影间。

大林告诉我他习画时间不长，而对兰的喜爱却萌生于儿时。大林出生于永泰县大洋镇的一个偏僻山村，老家屋子边上就有一片原始森林，林子里野兰丛生，山泉淙淙，那份清幽自幼根植于他的心田。大林对兰的喜爱还受到他父亲的影响。其父长期从事农耕，却对兰花情有独钟，每每看到山野奇兰，便小心翼翼移植回家，置于盆中细心呵护。花开时节，呼朋唤友，在庭院里品着自产手工粗茶，静待幽兰送香，其乐融融也。大林说，年轻时对父亲痴迷养兰还很不解，随着年岁的增长，他对兰花的品性有了更深的体会，也对父亲爱兰有了更深的理解。兰，出于幽谷无人自香；叶似箭花素雅，不求雍容华贵；与百草为伍，溪流旁、岩缝间、树阴下，皆可见兰之身影。他说，父亲侍兰之专注到了尊重的程度。这般专注与尊重，对他起了潜移默化的作用。

　　大林喜书法，多年临池不辍。一日，在书写之余，萌发写兰竹之兴。他觉得一味沉于书法，不免单调枯燥，兰竹源于书法，用笔用墨讲究提按转折、浓淡枯湿。也许大林早有兰心，在兰竹之间，他又选择了写兰。

　　写兰看似简单却最见功力，关键在悟。大林认为，喜和悟是两个层面，喜欢兰不等于就能写好兰，只有反复琢磨和实践，方能渐入佳境。他在书本中悟，找来《怎样画兰花》《墨兰说》《梅兰竹菊画谱》和传世画兰佳作仔细研读，细心临摹。他在实践中悟，遍访名家，讨教画兰技巧，卢坤峰、张剑、罗方华、吴平安……大林还负责福州市政协书画院日常工作，这为他向画家们求教创造了良好的机会。每每有画师到访，他都请画师们进行评点示范。说起他们，大林感激之情溢于言表。他在自然中悟，福州于山兰花圃是大林常去之处，主要是观察春夏秋冬、风晴雨露等不同时节、不同状态下兰花的形态。兰花圃的刘博士是大林好友，大林时常听他介绍兰花，从兰花的品种、习性、栽培，到历史悠久的兰文化，在交流中不断深化对兰花的认识。大林说，古人写兰口诀也是从兰花自然生长中总结得来，善画者应当将经典画作与现实场景相互映衬，知其然而知其所以然。

大林悟兰，不只局限于兰之本身，同时注重各种艺术门类的相通，吸之精华，为我所用。他以为，写兰关键在于"写"字，书法是写兰的基本功。这些年来，在写兰的同时，他坚持书法创作。他认为二者实为相得益彰。在写兰过程中，更好地体会书法中的提、按、转、折，干、湿、枯、润；而在书法创作中，又能更加深入体悟整体章法布局，从而行笔更加圆转自如。

心追手摹、心手相随。这是每个创作者的心路历程。心追就是"悟"，以心追引导手摹。大林在勤奋临习中、在不断的体察中加深对兰花的理解，从而心手相随，逐渐形成了自己的写兰风格。

我喜欢大林的兰花，他将文人画的尚意与画家的写实融于一体。兰叶浓淡分明，形态万端；兰花婀娜淡雅，摇曳多姿。整体风格清雅飘逸中透着些许劲健雄浑。

我喜欢大林的兰花，他的画与书法浑然一体，相互依存、相互增色。大林写兰，往往画好后仔细端详，因势题款。题款内容或是一首古人的兰花诗，或是自己感悟的咏兰句，短则数字，长则上百。大林花很多时间收集整理历代咏兰名句，体悟先贤咏兰爱兰之心，领悟历代咏兰佳作揭示的精神气质。对古诗词广泛涉猎，信手拈来，也为他的题款打下厚实基础，题款的内容深化了观者对兰的作品理解。

我喜欢大林的兰花，因为可以从他的作品中感受到创新。大林注重传承，善于走进去，博采众长，又善于走出来，探索一条自己的写兰之路。在用材上，他崇尚为我所用，探索在不同的材质上创作，生宣重点体现墨韵干湿浓淡，白板纸则凸显兰叶爽利斑驳。大林还尝试在蓝色和红色的宣纸上用金墨汁画兰，以表达"金兰之交""盛世花开"之寓意。

我喜欢大林的兰花，还在于他的作品传播了兰文化。兰花，历来为文人墨客所推崇，春秋时孔子《家语》中便有咏兰的诗句，而后两千多年，文人墨客皆留下了咏兰之诗词。诗如画，画如诗。大林认为，诗人们作了诗如画的事，读这些诗词，满眼是画。他要通过他的笔，做好画如诗的工作，让人们看他的画，满耳是诗。因此，他的写兰作品充满诗韵、富有诗意。

大林喜兰、悟兰、写兰，在此过程中，也涵养了他的情怀，提升了他的修养。愿大林追寻前贤的足迹，养兰、赏兰、爱兰、写兰，不激不厉，不媚俗，不趋时，敦厚质朴，藏秀于内，传承兰之风骨，书写兰之精神。

自　香

经常吟读品赏古人咏兰的诗句，这些诗句中，较多的是对兰花自香的赞赏。例如，宋代苏辙《种兰》："兰生幽谷无人识，客种东轩遗我香。"明代诗人薛网《兰花》："我爱幽兰异众芳，不将颜色媚春阳。西风寒露深林下，任是无人也自香。"明代诗人刘伯温《兰花》："幽兰花，为谁好，露冷风清香自老。"明代叶子奇《塘上闻兰香》："大谷空无人，芝兰花自香。"陈汝言《兰》："兰生深山中，馥馥吐幽香。"

兰长于岩缝，处于幽谷，居于林下，生于溪涧。兰本是草，没于众草之中。以其幽香而流芳，因其素洁而脱俗。

兰虽处空谷，依旧保持那股幽香，那般素雅，保持着素心自芳，怡然与荆棘为伍，与众草相伴，不求闻达，把空谷营造得"一径寒云色，满林秋露香"。

兰气最近文气，兰花之风最近文人心中的君子之风，兰花之性最通文人之性，兰花之雅最合文人之雅。文人雅士在喜山乐水中寻兰而去，观兰、赏兰、咏兰、写兰。在众花中，兰的品质、气度与芬芳是其他花所不能比拟的，兰从山里而入大雅之堂，成为雅居、雅室的最佳配置，最能满足文人雅士们的雅致、雅性、雅趣。

我在书室中品茗，看着书室中的兰花，依旧是素淡的、幽香的，始终保持着山野之兰的姿势，散发着那股幽香。

兰花或许知道，这是自己从山野移入高堂之根本，在书室中坚守的自香，依旧是那样我行我素地生成着。

只是，花不语人语，人观花后可以百感交集，可以陶冶性情，而花只说，我本如故。